布老虎中篇小说

女士们

张忌 著

北方联合出版传媒(集团)股份有限公司
春风文艺出版社
·沈阳·

图书在版编目（CIP）数据

女士们 / 张忌著. —沈阳：春风文艺出版社，2018. 11

（布老虎中篇小说）

ISBN 978-7-5313-5548-9

Ⅰ. ①女… Ⅱ. ①张… Ⅲ. ①中篇小说—小说集—中国—当代 Ⅳ. ①I247.5

中国版本图书馆CIP数据核字（2018）第238790号

北方联合出版传媒（集团）股份有限公司
春风文艺出版社出版发行
http://www. chunfengwenyi. com
沈阳市和平区十一纬路25号 邮编：110003
辽宁奥美雅印刷有限公司印刷

责任编辑：姚宏越	责任校对：潘晓春
装帧设计：黄 宇	幅面尺寸：130mm×185mm
字 数：103千字	印 张：6
版 次：2018年11月第1版	印 次：2018年11月第1次
定 价：25.00元	书 号：ISBN 978-7-5313-5548-9

目录

女士们

1

小夏有些慌张地将那个包裹塞进包里。包裹里是一条红色的内裤。这不是一条普通的内裤，上面绣着小夏的名字。按照曼丽的说法，穿上这个内裤，李伟便能顶着小夏的名字了。李伟是小夏的丈夫。内裤是曼丽托人从苏州买的，一人一条。两人的名字绣在内裤正前方，运用的是当地一流的技法。曼丽说这内裤是找了普陀的师父开了光的，男人穿上它，就好比那孙悟空戴上了紧箍咒。

曼丽是小夏的小姊妹。大约一个月前，她跟小夏认真地讨论了一次关于夫妻生活的问题。曼丽问小夏，你跟李伟一个月几次？小夏想了想，说，大概两三次吧。曼丽觉得这个数量太少。她说，夫妻关系好不好，就看次数有多少。曼丽的总结很押韵，但小夏并不知道这样的说法是否合理，她没有这样的经验。关于这方面的知识，都是来自曼丽。曼丽是知识的海洋，而她则是扔进海洋里的一块海绵。曼丽说，你要科学地掌握夫妻生活的规律，要按照对方的身体条件来评定次数。像你们家小李的年纪，一礼拜两三次应该有的。如果少于这个数字，你就要当心了。小夏有些紧张，当心什么？当心他外面有人哪！小夏匆忙摆手，不会不会，李伟不是那样的人。曼丽冷静地说，有没有的，这样说了不算。你可以回去观察一下，比如他回家后，身上是不是你们家洗发水沐浴液的味道，或者身上有没有什么奇怪的印记。实在不行，还可以把他的电话单子拉出来，看看有没有联系过密的电话号码。

说起这些事情，曼丽如数家珍，但小夏却不相信李伟会有什么事。次数少不一定就说明外面有人，人和人是有差异的，就好比内裤，曼丽老公是XL的，李伟是M的，尺寸大了，那方面自然也更需要些。

曼丽总结道，我们的男人，本质上肯定是好的。但再好的男人，也架不住这花花世界。就像我们家洪长青，虽然对我是好的，但生意场上应酬那么多，谁能保证他不动个歪心？所以说，一个男人一时不犯错误是容易的，但一世不犯错误就难了。万一犯了错误，将外面的脏病带回家来，吃亏的还不是我们？

曼丽说，她买了两条内裤，一条给自己，一条给小夏。她托苏州的一个刺绣师傅将两人的名字绣在了上面，又拿到普陀找法师开光。

曼丽抱怨道，小夏，你可不知道办这些事有多麻烦。

小夏不清楚内裤绣字是否真有用，但她不喜欢曼丽的做法。她总是这样，做事情从来不跟自己商量，只是做好了才通知自己一声。虽然她不是一个坚持主见的人，但她也不喜欢别人替自己做主。而且，按照她的想法，曼丽的老公是老板，身边女人多，需要这样的内裤。但李伟只是一个普通的公务员，哪有那么多出轨的机会？

但她没有说出这些，曼丽是自己的小姊妹，她不想得罪她。只是一条内裤而已，买了就买了好了。

很快，内裤便拿来了。让小夏没想到的是，一条内裤竟要300元。曼丽解释说，这内裤材质好，绣了字又开了光，300元一条真不算贵。小夏嘴上没说，心里却觉得贵了。曼丽还说，原本她应该把钱都付了，但这样的东西如果让人垫了钱，就不灵了。所以，她不能垫这钱。

但小夏始终觉得是贵了，想吃海鲜，300元可以买10斤白蟹，想吃肉，300元可以买20斤蹄髈，可现在，她却只买了一条内裤。

2

吃罢晚饭，李伟要去洗澡，小夏便将那条红色的内裤递给他。李伟面露不悦，这么艳，叫我怎么穿？小夏说，这有什么关系，又不是穿在外面给别人看？小夏说得有道理，虽然不乐意，但李伟还是提溜着内裤进了卫生间。

小夏坐在客厅，看见李伟的手机放在茶几上。这一瞬，她忽然动了个念头，想翻看李伟的手机里会不会有什么秘密。但她最后还是放弃了这个念头。她是相信李伟的，就像那条内裤，如果不是花了300元，心疼钱，她也不想让他穿那么艳。

他是她的第一个男人，第一次牵手，第一次接吻，第一次做那个事。从身体的角度讲，他们的婚姻完全是崭新的。他们第一次做那事是在新婚之夜，尽管此前李伟提过多次，但她一直不肯。她怕她在结婚之前怀孕。她清晰地记得她的一个堂姐，在婚礼时挺着巨大的肚子，脸上布满涨红的痘子，丑陋无比。她不希望自己在婚礼上也是这么丑。新婚之夜，李伟喝了很多酒，他也是第一次，粗暴而没有经验，丝毫不顾及她的羞涩。第一次的性经验给她的记忆并不美好，但也没让她对这事产生厌恶。在这事上，她很平静。新婚那阵，李伟天天沉溺于此，她没有厌恶。这几年，夫妻生活趋于平淡，她也没有沮丧。这样的事情，在她生活中，是可以忽略不计的。

洗完了澡，两个人躺在床上。李伟穿着那条红色内裤，鲜艳的红色在他白花花的身体上分外显眼。男人穿红色的内裤的确不好看，在她印象中，除了电影里的超人，好像没见过有男人穿红内裤的。因为内裤上有自己的名字，还有师父开了光，所以，这片红色似乎包含了某种政治意味，它带着小夏的名字在李伟裆部这一片区域宣示了主权。小夏有些好奇，拿内裤回来时，她忘了看自己的名字绣在哪里，曼丽说，那字极小。那字在哪里呢，会被李伟那东西顶住吗？

李伟随意地按着遥控器，似乎是在琢磨什么事情。按了一圈，他把电视关了，把灯也关了。小夏有点纳闷，不知道李伟为什么今天这么早睡。躺下一会儿，李伟开始伸手摸她，她忽然明白了他的意图。她有些意外，他们应该有一个月没做了。难道这短裤真这么有用？

她自然没有拒绝，结婚后，她从来没在这方面拒绝过他。在她的配合下，李伟顺利完成了夫妻生活。他喘着粗气，似乎很是疲乏。他点了支香烟，猛抽了几口。

对了，找机会约一下你们办公室的林爱娟吧，我要请她和她老公吃个饭。

李伟的话显得有些怪异，要知道他们刚刚进行了一场性爱，李伟此时说这话与房间里的气氛显得那么格格不入。

干吗请她吃饭？

我今天跟组织部的一个同学吃饭，说马思安要到我们单位来当局长了。

马思安是谁？

李伟奇怪地看了小夏一眼，林爱娟的老公啊，你不知道？

小夏哦了一声，自己为什么要知道林爱娟的老公？

李伟继续说，现在大家还不知道这件事，我要趁早把这条线给搭上。

小夏说，这个事情我怎么说得出口？我跟林爱娟又没什么交往，这样平白无故请人家吃饭，多难为情。

李伟有些不高兴，这有什么难为情，别人想搭这条线还搭不上呢，你这里现成的，还不用上？

李伟掐了烟，去卫生间冲洗。小夏躺在床上，脑子里忽然冒出了一个念头，今天李伟跟自己过夫妻生活是不是跟请林爱娟和马思安吃饭有关?

但她很快打消了这个念头，她想起了一句有名的话：革命不是请客吃饭，引申到夫妻生活，这句话也是成立的。

3

曼丽躺在沙发上，将那条绣了洪长青名字的红色内裤对着灯光用力扯开。她有些烦躁，这已经是第三个晚上了。

前天晚上，她在半夜醒来。醒来时，她发现洪长青还没有回家。这是罕见的事情。洪长青是生意人，这是他现在的身份，也是他出门最坚定的理由。他时常很晚回来，要不是陪人在外面唱歌，便是陪人在外面玩牌。在曼丽面前，可以感觉到他对这个事情是厌恶的，他总是诉说自己喝酒时是多么痛苦，在牌桌上是多么的举步维艰。但尽管每天在外面厮混，但他却从未有夜不归宿的经历。隔天见面时，曼丽并没有跟洪长青点破这个事，她希望他自己能主动交代。但洪长青却丝毫不提，似乎根本就没发生过什么。第二天晚上，他又是一夜未归。见面时，仍一字未提。这让曼丽觉得无比尴尬，他似乎根本没把她放在眼里。这是新情况，曼丽认为自己应该主动出击，这样一味挨打是没有出路的。

曼丽站在卫生间门口，看着洪长青站在镜子前用一条黄蟒般的领带将脖子勒得肥肉四溢。

你这两天在做什么？

洪长青没转头，语气轻松，我还能干吗，陪客户呗。

曼丽冷笑了一声，陪什么客户，要陪一个晚上吗？

生意上的事，你不懂的。

我不懂生意，但我没见过谁谈生意要谈一晚上的。做小姐也有下班的时间哪。

洪长青很不高兴地瞥了她一眼，你不要管我的事。

我为什么不能管？难道我们不是夫妻吗？

听了曼丽的话，洪长青的脸上露出了一个诡异的笑容，他看着曼丽，说，我在外面混，不正好给你前夫机会吗？说完，他便哼着小曲，旁若无人地走了。曼丽呆在那里，有些不知所措。眼前的这个洪长青是陌生的，她从未见他在自己面前如此飞扬跋扈，这让她骄傲的自尊心深受打击。

整个晚上，曼丽一直在琢磨这个事。在她面前，洪长青似乎一直是个自卑的人，即便这些年赚了些钱，但骨子里，他仍是觉得配不上自己。他怎么变成现在这个模样了？不行，这个事情，她不能有丝毫退让，这是原则问题，一旦退让，今后洪长青便将永远压她一头。想来想去，她想到了自己的儿子。她跟洪长青的儿子一直在上海念书。洪长青很宝贝这个儿子，他将他送到上海念贵族学校，一年几十万开支毫不心疼。虽然是洪长青出的钱，但曼丽相信儿子肯定会站在自己一边。她要跟洪长青提出离婚，当然不是真离婚，而是摆一个姿态。现在，洪长青已经有了一些不好的苗头，她必须得将这苗头扼杀在萌芽阶段。

这天晚上，洪长青终于没有在外留宿，大概两点回了家。看见曼丽时，他有些意外，但他没有说什么，而是斜躺在曼丽对面的沙发上。曼丽坐正身子，闻见洪长青身上浓重的酒味。

我一直在等你。

等我干吗？

我们离婚吧，我感觉我们已经过不下去了。

听到离婚两个字，洪长青一脸惊诧。他盯着曼丽看了好一阵子，忽然爆发出一阵响亮的笑声。曼丽被他笑得心里一阵发毛。

曼丽呀曼丽，你真是太滑稽了，为什么离婚？难道就因为我在外面过夜？

难道这还不够吗？

哈哈，不够不够，太不够了。难道你就不想问问我为什么在外面过夜？

你不用解释。

哈哈，我解释个屁。我告诉你好了，前两天去喝酒，我在酒吧看上了一个女的，我挺喜欢，这两天，我就睡在她那里了。

洪长青的坦然让曼丽有些措手不及，她没想到他会直接承认了这事。他一坦白，她反而觉得没底牌了。到了现在这个局面，她显然已经没有退路了。

那好，我们离婚。

洪长青点了支香烟，不屑地扫了曼丽一眼，你想清楚了？

曼丽认真地说，想清楚了。

那好，离吧。

洪长青的痛快让曼丽再次扑空。在短暂迷茫后，她补充了一句，离婚后，孩子跟我。

孩子跟你？他姓洪，怎么可能归你？

孩子跟我比跟你好。

见你的鬼去吧。洪亮现在在上海念贵族学校，一年花销起码50万。归了你，你拿得出这笔钱？就凭你那几块钱工资？

我可以找别的学校。

你不要那么不现实好不好，洪亮现在过得是什么日子？跟你过那种日子，他会答应吗？真不知道你脑子怎么想的。

法院会考虑你的情况的，洪亮跟你不合适。

哈，法院？你说的是哪个法院？法院的陈副院长今天还跟我一起喝酒来着，你说的是他那个法院吗？法院会判给你，你还真会哄自己开心。

洪长青将烟掐了，目光忽然变得凶狠起来。

方曼丽，我们撇开洪亮不说。先看看你自己，你的包是上次去香港买的吧？你还记得起来是几万吗？还有你的化妆品，你的衣服，你那辆宝马。就凭你那几块钱工资，你能享受得起？现实点儿吧，方曼丽，你和我不一样。如果我跟你离婚，我敢保证，二十几岁的小姑娘一排排的让我挑。你呢？你有什么，你脱光了对着镜子看看，还有谁会要你？

洪长青凑到曼丽身前，你告诉我，你是不是还想着你前夫？

请你放尊重点，我没有前夫。

好好，尊重你，不是前夫，就是一个姘头。你是不是觉得和我离婚，他就会跟你在一起？唉，你们这些女人哪。洪长青重新躺倒在沙发上。你看看你，我这喝了一晚上酒回来，不好好服侍我，还让我不开心，真是让人头疼。行了，你也别急着跟我说什么离婚，你再好好考虑考虑，想清楚了再告诉我。我这个人是讲道理的，你和你前夫给我戴了那么大一顶绿帽子，我计较过吗？我不还是照样高高兴兴地娶了你？方曼丽呀，你要学会知足，知足才能常乐。当然，如果你到时一定要跟我离婚，我肯定不会辜负你。

说完了，洪长青起身要去洗澡。这时，他看到了沙发上那条红色的内裤。

给我买的吗？不错，你还是有些心思的，我就喜欢这颜色，红红火火的，看着就让人高兴。

4

早上的时候，小夏接到了李伟的一个短信，叮嘱她不要忘了约林爱娟吃饭的事。短信的最后，李伟还打了一个感叹号，强调这件事情的重要性。

自从那天晚上说了约林爱娟吃饭的事情后，李伟每天都会给小夏发这样的短信。可小夏并不愿意这么做，吃饭的事情并不像李伟想得那么简单。昨晚，她将这个想法跟李伟说了，可李伟却不乐意了，他觉得小夏是在推托。一晚上，他都摆着个脸色。这脸色是给小夏看的，可糟糕的是，小夏看到了，儿子也看到了。他虽然小，但并非什么都不懂。李伟摆了脸色，他吓得都不敢说话。这是小夏最不愿看到的事。平时，她即便再生气，也从不跟李伟吵，就是怕影响孩子。可现在，没办法，她只能照着他的话做，否则李伟是不会罢休的。她知道他的性格。

小夏偷偷瞟了林爱娟一眼，此时她正在看报纸。她又扭头看曼丽，曼丽好像在网上看什么东西，眉目紧锁。小夏在心里盘算了一下，这个事的确不好弄，一来，自己跟林爱娟平时关系一般，突然请吃饭，她肯定不会答应。另外，曼丽和林爱娟从来都是互不顺眼，自己是曼丽的小姊妹，如果被她察觉什么蛛丝马迹，事情就不好收拾了。

就这样，一直到了下午下班，小夏都没找到合适的机会。下班时，曼丽叫小夏一起走，小夏推说还有些事没弄好，让曼丽先走。曼丽走了，林爱娟拎起桌上的包，也要离开。就在这时，小夏脱口而出，爱娟姐。

爱娟姐？小夏不知道自己嘴里为什么会冒出这三个字。要知道，平时她很少叫林爱娟，路上碰见，一般都以微笑表示。即便叫了，也是林主任，从来没叫过爱娟姐。可这会儿，她一开口，这三个字就脱口而出，似乎它们一直就等在她的嘴巴里，显得那么自然。

林爱娟也很意外，她有些莫名其妙地看着小夏。

虽然有些尴尬，但小夏还是很聪明的，她迅速将自己的目光落在了林爱娟的包上。

爱娟姐，你这个包真好看。我一直都想买一个这样的包，可总是买不到，你在哪里买的呀？小夏在努力寻找话题。

林爱娟看了看小夏，又瞟了瞟自己的包，淮河路的一个小店买的。

林爱娟的回答似乎给了小夏鼓励，她趁热打铁地问道，是吗，那哪天有空，爱娟姐带我也去买一个吧。

你自己去吧，很容易找的。

说完，林爱娟就拎着包离开办公室，将小夏一个人晾在了那里。

小夏碰了个冷钉子，心里有些委屈。这样的事情，原本就不是她擅长的。说到底，她不是一个有大追求的人，她只求平平安安，有个稳定的家庭，有份稳定工作就可以了。可现在，情况却发生了变化，她有了诉求，她得为这诉求降低自己的身份。

一回家，李伟便急切地向她打听今天的成果。

约到林爱娟吃饭了吗？

小夏心里厌恶，哪有这么快。

李伟似乎有些不高兴，还快呀？要等马思安到我们单位，就来不及了。他点了支香烟，坐在客厅里闷闷抽着。过了一会儿，又起身跟着小夏来到了厨房。

我想了一下，突然请她吃饭好像是有些不自然。这样，我们改变一下策略，先别说吃饭的事，你想想办法，去打听一下林爱娟的生日。

小夏一愣，你打听这个干吗？

给她送礼呀。

那你直接送给马思安好啦。

李伟摇头，那不行，这礼送给林爱娟的效果可比送马思安要好多了。

小夏没听懂李伟到底是什么意思，我可没办法打听林爱娟的生日。

李伟说，想想办法嘛。小夏不应声，李伟察觉到了她的情绪，他搂住了小夏的肩膀，我也是没办法嘛。我没有背景，没有靠山，一切都得靠自己。我都这个年纪了，以前出道比我晚的，都混得比我好，如果我再不努努力，以后还怎么见人？再说了，这事也不是为了我自己，是为了这个家，为了孩子。

说到孩子，小夏的心里一软，我知道了，你出去吧，厨房油烟大。

李伟便抱住她的腰，在她脸上亲了一口，我知道这阵子委屈你了，就算为了儿子好不好？

小夏挣脱开来，说，你别，小心儿子看见。

5

晚上回到家，林爱娟还在想下班时小夏叫的那声爱娟姐。她干吗这么叫？以前她可从来没这么叫过自己。更可笑的是，她居然还问自己的包是在哪里买的，这个包天天都放在自己的办公桌上，可从没见她关心过。

林爱娟回想起今天的一些细节来。小夏今天似乎一直在寻找机会跟自己搭话。自己的眼神与她交接时，能很容易地觉察到她眼神中一种讨好的东西。

这个事情的确有些怪异。办公室里只有三个人，自己、小夏，还有曼丽。小夏是曼丽的小姊妹，这是公开的事情。虽然也尊重自己，但骨子里她是曼丽的人。曼丽这个人，从来都和自己讲不来，这一点，小夏不可能不知道，她讨好自己，难道就不在乎曼丽的看法？

林爱娟的脑子电光石火地闪过一个念头，难道是曼丽的主意？她听到了关于那个事的风声，想出自己的丑，但她又不好出面，就让小夏来出头？

林爱娟担心的那个事情起源于一个广东女人。这个广东女人起先是在这个城市的一家KTV上班。后来，有个领导喜欢上了她，并且帮她从良，在收费站寻了个差事。从良后，这女人又跟一个正经男人结了婚。前几日，女人有了身孕，到妇保院一查，结果却查出感染了艾滋病。这个事情是她在妇保院的一个同学告诉她的。这个同学讳莫如深地说，这个女人不仅和这一个领导有染，和这个领导身边的好几个人都关系密切。

同学的话让她觉得异常尴尬，她听说过这个领导，而且她的老公还认识这个领导。但她不相信马思安会做这样的事情。她和马思安结婚已经有十六年了，但她却丝毫没有感觉出马思安对她的厌倦。几乎两三天，他就会要求自己跟他来一次。在床上，他依然是一个领导，即便做爱，也是与民同乐的架势。这是她乐于看到的场景，她觉得只有自己才能符合马思安的需求。她难以想象，马思安会低级到跟一个三陪女去睡觉。再说了，除了陪上面的领导，他几乎不去KTV，他是一个很爱惜自己名声的男人。这样一个人，怎么会跟那样一个广东女人有什么关系呢？

林爱娟一直都不让自己去想那个广东女人的事，可小夏的这个突发情况，却又让她重新审视起这个事情来。除了自己，还有许多人在关心此事。但他们的心态不一样，他们是想看笑话，是想看马局长家里的笑话。下一步应该怎么办，她心里没有底，出现在她面前的是新生事物，她没有任何经验，只能摸着石头过河。但无论如何，她都得沉住气。越是出现严峻的局面，就越不能露出马脚。就像中年丧夫的寡妇，别人越想看你笑话，就越要将腿夹紧。

第二天早上，她早早地来到办公室。她总是最早来办公室的，她是办公室的主任，得以身作则。更重要的是，她是马思安的老婆，是马思安的一部分，她的一言一行都代表着马思安的形象。

让她意外的是，这天，她却不是办公室里最早的一个。当然，这个人不会是曼丽，曼丽总是迟到，即便不迟到，也都接近迟到的时间。迟到了单位是要扣奖金的。她是主任，每次她都跟曼丽说，让她注意些。然后，她认真地将迟到记录记下来，当月要扣奖金。曼丽的考勤奖是从来拿不到手的，但曼丽从来不在乎，仍然迟到。她不喜欢这一点，单位就要有单位的样子。如果一盘散沙，就什么都做不成。她知道曼丽对这个事情很不痛快，她表现出对考勤奖金毫不在乎的样子。曼丽仍然没意识到自己的问题，这并不是钱的事情。

她进了门，小夏依旧像昨天那样冲她讨好地笑。她不动声色，将包放在桌子上，然后开始看报纸。过一会儿，电水壶的水开了，小夏灌了水，爱娟姐，喝水吗？刚烧开的。林爱娟说，谢谢。小夏便给她倒水，倒完了，也不走，靠在旁边，似乎还想跟她说话。就在这时，曼丽忽然从门口走了进来，在看见小夏和林爱娟的那一瞬，她的神情极为怪异。小夏也显得很不自然，在桌上翻动一下文件，扭身走回自己的办公桌。

林爱娟极敏锐地捕捉到了这个细节。这是个非常重要的细节，它说明了一些问题。首先，小夏接近自己，曼丽是不知道的。而小夏也不愿意让曼丽知道，既然是这样，那么，自己先前的推测就不成立了。小夏这个人虽然她接触不多，但可以确定，她不会为了打听那种事而刻意接近自己。那么小夏又到底想干什么呢?

林爱娟不能问，也不想问。既然小夏要接近她，那么她迟早是会暴露出自己的真实目的，自己没必要急。现在排除了曼丽捉弄她的可能性，也没什么好太担心的了。

下午下班回家时，马思安给林爱娟打了个电话，说自己在杭州开会，开完会，晚上要去拜访一个老领导，不回来了。这样的事情，林爱娟是从来不去刨根问底的。她吃了饭，收拾完后，就准备洗澡，然后上床睡觉。

洗完澡，她在浴室里擦护肤品。擦到后脖颈的时候，她忽然从浴室的玻璃上看到了些什么。她一愣，赶紧将玻璃上的水雾擦干净。她背对着玻璃，扭头去看，让她意外的是，不知从什么时候起，她的背上竟然出现了一大片的皮疹，这些皮疹在白色的皮肤上鲜红一片，触目惊心。

6

这几天，洪长青几乎没在家里过过夜。似乎，这已不是他的家了，甚至，连宾馆都不如。这个情况只能说明一个问题，自己那天跟他的谈话毫无用处，他已经不把自己放在眼里了。想起这样的事情，曼丽便觉得有些悲哀。可就在她为洪长青的事情焦头烂额时，自己的小姊妹小夏又出现了新状况。

小夏最近和林爱娟走得很近，曼丽感觉到了这一点。有几次，当她走进办公室时，都看见小夏凑在林爱娟桌前说话，她的神情充满着讨好。可一看见自己，她又立刻收拾起那副媚态，装模作样地回到自己的位置。还有一次，曼丽约小夏到外面吃中饭，小夏推说中午有事。因为一个人，曼丽也打消了出去吃饭的念头。她回到食堂，就看见了小夏。那时，小夏正在给林爱娟打饭。

这个场景深深地刺激了曼丽。

小夏到底什么意思？难道她不知道自己跟林爱娟的关系吗？她不喜欢林爱娟，她也从来不在小夏面前避讳这件事情。她不就是有个马思安吗？马思安是局长，难道她也是局长？她就是看不惯她身上那种莫名其妙的优越感。虽然，有时林爱娟也会将自己打扮出一副低调的模样，但这低调也是居高临下的，像是一种恩赐。什么东西！曼丽就是看不惯，别人卖你局长夫人的面子，我就是不卖。

这个小夏，既然她明白自己跟林爱娟不对付，为什么还跟她走到一起？

曼丽觉得有些生气，她要给小夏一个警告，既然是自己的小姊妹，就必须时刻和自己站在一起。

这天中午的时候，曼丽早早地等在过道上。没一会儿，她看见小夏走了过来，小夏看见了自己，笑眯眯地迎过来。曼丽却故意装作没看见，匆匆地从她身边走过去，转身下了楼道。她有一种报复的快感。小夏肯定感觉出了自己的不高兴，她就是要让她知道，自己不高兴，很不高兴。

她开车出去。出了单位，她刚才报复小夏所获得的快感又瞬间消失了。她的心里又开始莫名其妙地烦躁。这是自己最失落的时候，虽然她没有跟任何人提及，但作为自己的小姊妹，小夏应该能察觉出来，这个时候，她非但不应该背叛自己，反而应该全身心地关心自己，帮助自己。曼丽心里烦，开车也急躁起来。开到兴宁路的时候，一辆开得极慢的CR-V挡在了路中间，她几次想超车，都没成功。她的火气上来了，乱按了一通喇叭。CR-V听见了喇叭声，往一旁躲了躲。她将车超过去，就在超车的时候，她觉得还不够解气，又将车窗摇下冲着那辆车乱骂了一通。

她关上车窗，都不记得自己骂了些什么，但一通发泄后，让她觉得心里舒服了许多。她坐在车里调整了一下自己的情绪，自己没必要这么不高兴。不就是一个小姊妹吗？她爱跟谁好跟谁好，自己不会少一根汗毛。她甚至有些恶毒地想，林爱娟算什么，只不过捡了一个自己好过的小姊妹而已，有什么了不起。

她不想吃中饭了，肚子一点都不饿。她想去美容院，做个SPA，让自己好好放松一下。

很快，她便将车开到了那个叫“绿洲”的SPA馆。她将车停好，熄了火，正想下车，一辆黑色的越野车飞快地开过来，一脚急刹车，停在她旁边。她仔细一看，认出是刚才路上碰见的那辆CR-V。

这车居然跟了自己一路，他想干吗？曼丽有些慌张起来。

CR-V驾驶室的车窗玻璃慢慢摇下来，一个戴着墨镜的男人从车窗探出头。

车子开得不错嘛。

曼丽有些紧张，她没搭理他，打开车门，要下车。这时，那个男人也开门下车，他摘下墨镜，笑眯眯地看着曼丽。

你骂了我一顿，就这样走了？

曼丽心里更慌了，她咬咬牙，停下身子，说，那你想怎么样？

男人依旧嬉皮笑脸的，最起码得道个歉吧？

她看着男人嬉皮笑脸的模样，心里的那股莫名的邪火又涌了上来，我为什么道歉？是你先挡住了我的路，凭什么让我道歉？

对方惊讶地看了她一眼，笑了起来，你以前的脾气好像没这么大吧？

曼丽一愣，以前，他什么意思？难道他认得自己？

你真不记得我了吗？

曼丽仔细看了看他，这才觉得这个人似乎有些眼熟。她脑子一激灵，认出他来了。高中时，他和她是一个学校的，他比她要高一届。当时，他是他们学校里最引人瞩目的男生。人长得英俊，又多才多艺，学校的各类文娱活动，都少不了他的身影。那时，许多女生都在背后议论他。

怎么会是他？他还能认得自己？曼丽有些惊喜，但她并没有流露出这种情绪。

还没认出我？

曼丽认真地摇了摇头。

你以前是不是在一中念书，五班的吧？

他的确记得自己，她有些意外。自己是认得他的，这么优秀的男人，没有女生会不知道他。可自己是那么普通的一个人，他怎么会记得？

你也是一中的吗？曼丽故作镇定地问了一句。

当然了，那时你可是我们学校的美女呀，多少男生惦记着你。

男人的恭维让曼丽羞涩了起来。她感到有一些恍惚，自己居然给当年那么优秀的一个男人留下了如此深刻的印象，如果时光可以倒回，不知会有多少女生嫉妒这件事。

7

小夏觉得很尴尬，她又被晾在了那里，就像她第一次讨好林爱娟。但这次让她尴尬的是自己的小姊妹曼丽。她就那样从自己身边走过去，对自己视而不见。很显然，她已经知道自己跟林爱娟的事了，她不高兴，而且她毫不掩饰自己的这种不高兴。这是可以预料的结果，这样的事情根本不可能瞒得过去。但尽管如此，这种当面的冷落仍让她觉得无比难受。

她现在还记得自己刚来这个单位时是什么模样。那时的林爱娟和现在没什么太大区别，也是板着个脸，让人不可接近。她总觉得她应该穿一件黑色的中山装，风纪扣紧系，就像以前的某个大人物一般。那时，对她最好的就是曼丽，曼丽显得那么热情，帮她收拾东西，带她熟悉单位的环境，给她介绍单位里的人事。她有着简单的判断力，对她好的人，她自然也要对她好。后来，她就一直跟曼丽走在一起。时间久了，她也发现曼丽身上一些不好的东西，她是她的小姊妹，曼丽就觉得她是她的人，她跟林爱娟过不去，小夏也应该跟林爱娟过不去。小夏不希望自己成为谁的人，尽管她的性格有些软弱，但她却不愿意成为别人的依附品。

可不管怎么样，她还是很在意曼丽的友情，在很多事情上，曼丽都给了她很好的意见，她从没想过要跟她闹僵。

这或许是人生必有的选择。人到了一定年纪，一定会面临取舍。想要一样东西，就必须舍弃另一样东西，不可能什么都得到。她现在挺相信这个道理。就像曼丽和李伟之间，自己就必须做出选择。自己是没有理由拒绝李伟的，他是她的丈夫。

说起自己的丈夫，她是再了解不过了。刚参加工作那会儿，他想往上走，但他又不知道该怎么做。想来想去，他想到了一个自以为高明的主意。他给当地的报社投递了一篇稿子，用念书时训练的那些文学手段赞美了单位领导。结果，稿子登出后，他的领导非但没高兴，反而生气地将他一顿臭骂。到现在，他都想不明白这个事情，自己拍领导马屁，为什么领导还会生气？这些年，单位提拔人，从来都没有他的份。他很焦虑，他的同学朋友，要么做生意赚了钱，要么当了不大不小的领导。每次听到这样的消息，他都会绝望地跟小夏说自己没脸见人了。这是小夏所不能理解的，为什么没当官就没脸见人？她挺满意现在的状况。李伟是公务员，自己也在机关单位上班。有稳定的收入，房子虽老了些，却没有按揭的压力，是李伟父亲以前单位分的房子。李伟喜欢儿子，自己又生了个儿子。她实在看不出，还有什么不满意的？但李伟的确是有焦虑，他总是会提这些事情。最让她不舒服的是，他总是当着儿子的面提，总喜欢说，儿子，你长大了，别像你老爸这么没用，一定要当官，当大官。她不喜欢他跟儿子说这些，说这些干吗？

李伟认为，马思安到他们单位是他最大的机会。对于小夏来说，她没有选择，她只能帮他争取这个机会。如果在小姊妹和丈夫之间取舍，她没有别的选择。

为了帮李伟，她费了好些心计，终于打听到了林爱娟的生日。原本这是极容易的事，去办公室一查，就清楚了。但她不想这样做。她并不是个笨人，她不能让别人知道这件事。单位就是这样，背后总有眼睛。如果她去查了，同事们口口相传，这个事就不好听了。最后，她想了个办法，去了趟给他们单位定做生日蛋糕的糕点店。在那里，她看到了林爱娟的生日。

她将林爱娟的生日告诉了李伟，李伟有些失望。

还那么远？不行，得想个别的法子，不然换届前肯定来不及。

小夏也有些担心起来，那怎么办？

什么怎么办？李伟有些不耐烦，林爱娟的生日不对，就不能再打听打听她孩子什么时候生日，她父母什么时候生日？不管谁的生日，只要时间合适，就马上办。这种事，赶早不赶晚。

这个怎么能打听得到？

功夫不怕有心人，除非你没用心。

小夏不喜欢李伟的语气，他似乎是在指责自己。她应了一句，这个我也没办法。

小夏这么一说，李伟的脸就板起来了。点了支香烟，不再说话。儿子在一旁，看见爸爸的脸色，又吓得不敢说话了。小夏看着儿子，有些不忍心。李伟总是这样，一有什么不高兴，就都挂在脸上。她能想象他在单位也是这么个人。她觉得他有点误入歧途了。这种事本身就是不确定的，争取来了更好，争取不来，也不能影响到生活。怎么能把情绪带到家里来？当上主任又怎么样？她不清楚一个主任对李伟到底意味着什么，钱？权力？名声？或者是其他什么她所不知道的？

她想，或许这只是男人的事情，她是不能理解，也没办法理解的。

8

林爱娟走到医院门口的时候，突然迅速转身，往自己的车子走回去。她走得极快，神色慌张。

回到家里，她一屁股坐在客厅的沙发上，浑身无力。在医院门口，她看见了她的那个同学，她不确定她有没有看见自己，如果她看见了自己，肯定会猜出自己来医院做什么。

林爱娟给自己倒了一杯热水。自己这是怎么了，怎么能犯这样低级的错误。现在是什么时候，自己怎么能到医院去？

这几天，她一直饱受煎熬，背上那片红色的皮疹就像一颗红色的定时炸弹，让她如坐针毡。她查过了，这符合艾滋病的症状，对照着这些症状，她还想起，前段时间自己发过一阵低烧，这也是符合的。她慌神了，似乎她已经可以确定自己是得了这个病了。但她不甘心，依旧心存侥幸，她希望能查一下，确定自己没得那个病。

人到这个时候，是能激发出巨大的求生欲望的。

这天早上，她破天荒地请了假，就想着到医院做检查。可就在医院门口，当她看见自己那个同学的时候，她忽然惊醒，她意识到自己是在做一件多么愚蠢的事情。这个小城是没有秘密的。就像那个得了艾滋病的广东女人，刚出了化验报告，就满城风雨了。那天自己去一个水果摊上买水果，那个卖水果的居然也在说这个事。现在，这个事已经路人皆知了，自己是这个事件的核心，如果自己去做艾滋病检查，就是等于承认了马思安也是蹚了这趟浑水的。所以，现在自己不但不应当去做什么检查，而且根本就不能在医院附近出现。

可总得有个说法吧？如果得了，那就得了，如果没得，那就没得。最难受就是这样，没有结果，受着煎熬。

想着这事，林爱娟的脑子忽然一激灵，如果不去医院，还有没有别的办法可以证明自己得没得病呢？想到这里，她迅速起身，跑到电脑前。

很快，她便从网上搜到了一种测试纸。上面说，这试纸可以通过网购邮寄到家，不用去医院就可以检测艾滋病。这条消息让林爱娟如获至宝，似乎是抓到了一根救命稻草。她平静了一下，跟网站的商家确认了邮寄的方式，她要确保买这个测试纸不会泄露自己的身份。对方跟她保证绝对不会有第三个人知道这个事情。她还是有些迟疑，她要考虑这测试纸该寄到什么地方。家里？家里太危险，她不能确定货物送达的时间，万一送到马思安手里，就糟糕了。相对而言，还是单位稳妥一点，以前，她也从网上买过东西，单位不会有人拆她的包裹。

她挑选了自己要的测试纸，填好收货地址。最后，她又再次跟卖家确认了保密的事。

马思安今天在外面有饭局，没那么早回来，她可以从容地完成这些工作，这是紧要的。她不能让马思安察觉蛛丝马迹。对于马思安而言，这样的事情是完全不可能接受的。

做完这一切，她长长地出了一口气。现在，事情终于有了一点好的迹象，最起码，她能秘密地确认自己到底有没有得那个病了。她洗了个澡，躺到床上，这一刻，她觉得很放松，她已经有好几天都没这样踏实地躺在床上过了。

她不知道马思安是什么时候回来的。那时，她已经睡着了。她是被马思安的开门声惊醒的。但她没有起床，她装作睡着了。她不想跟他说话，现在，她怕跟他说话，似乎说着话，那病菌也能跟着空气飘进她的身体。

听动静，马思安没有洗澡，而是直接走进了卧室。他躺在床上，浑身酒气。马思安躺下后，身体碰到了林爱娟，林爱娟下意识地往旁边缩了一缩。让她意外的是，随后，马思安却侧身靠了过来，并伸手摸她。她立即明白了，马思安要跟自己过夫妻生活。

该死。她觉得浑身冰冷，她在害怕。马思安手上用了些力气，他已经发出了明确的信息。马思安总是这样命令式的，他不会跟你商量，他所需要的就是发出一个强有力的信号，接下来便是考验你的执行力了。

慌乱之下，林爱娟只能说，别，我来那个了。

马思安停住了动作，一脸疑惑，不是刚过去没多久吗？林爱娟说，不知道呢，最近可能太累了，月经不规律。

马思安颇有些意味地看了她一眼，这让林爱娟感到有些心虚，他的目光深邃，似乎能看穿自己的心思。但马思安没有在这个事上做过多纠缠，起身到客厅抽烟去了。林爱娟躺在床上，心情仍旧十分激动。这时，她想起了那个广东女人，她在心里用力地咒骂了她。听自己那个同学说，这个女人长得不漂亮，但一双眼睛却极媚，像会说话。林爱娟诅咒这样的眼睛应该流脓水。

马思安真的会跟这样一个女人有关系吗？林爱娟觉得自己对马思安的信任在动摇。她真的很想当面问问马思安有没有这个事，但这样的话怎么问？马思安这个人她是知道的，如果她问了这个问题，她可以想得到今后马思安将会怎样对待自己。他的眼里是揉不得沙子的。甚至，她都不能流露出对这个事一丁点的痕迹。目前，她所要做的，便是每天生机勃勃的，以最好的精神面貌出现在马思安面前。

可她是他的老婆，是要朝夕相处的。该死的是，他们还得面对夫妻生活这个事。原先，她是盼着这事的。他身居要职，而且还是老夫老妻，但他仍能保持跟她一礼拜一次的性生活，这让她感到自己是在马局长身边真实存在的，是受宠幸的。但现在，她却为这个感到担心，她多么希望他们已经有几年都没夫妻生活了，那样最起码说明，她仍是安全的。她盘算了一下，他们上一次过性生活是在一礼拜前。当时，没有任何安全措施。她是上了环的，不用担心怀孕的事，再说了，老夫老妻的，哪有那么多讲究？可自己不能总是推辞，不能总是用月经来搪塞他，月经可以来，但也不能天天来。

没办法了，现在，林爱娟只能寄希望于那片神奇的测试纸能早点到来。

9

现在，曼丽还记得第一次见洪长青的场景。

那时，她还没从与前男友分手的悲伤中走出来。为了不让她一直沉溺于伤心中，父母托人给她介绍了洪长青。介绍人说洪长青是个实在人，这几年凭着养殖的手艺，赚了不少钱。对于介绍人的说法，曼丽的父母表示了肯定，说实在人好，实在人好，人不实在，怎么好都不顶用。他们动员曼丽跟洪长青先见上一面。那时的曼丽心已经死了，她不想让父母伤心，便答应了见面的请求。

几天后，介绍人便带着曼丽前往洪长青的虾塘去见面。在第一次见到洪长青时，曼丽极为失望。那时，洪长青正好从虾塘里上来，浑身鱼腥味，上身赤裸，下身却穿着一条卷着裤边的西裤。让她尴尬的是，他的裤子拉链居然没有拉上，里面露着一条红色的内裤。

曼丽对洪长青的形象极不满意，这不是她喜欢的类型。她喜欢的是她前男友那样的，笔挺的黑色西裤，白衬衫，衬衫口袋插着一支钢笔。但她并没有拒绝跟洪长青交往，她的心已经死了，跟她相处了六年的男朋友抛弃了她。她是准备嫁给他的。但他却骗了她，跟一个有领导父亲的女同学结了婚。这样的事屡见不鲜，但她想不到会发生在自己身上。她知道自己是不会再动感情了，所以无论怎样的男人，只要父母满意，她便顺从。

洪长青相貌不好，又黑又矮，但他为人却极为真诚。曼丽知道，洪长青养虾很辛苦，每天风吹日晒的。挣钱辛苦，他自己便也节省，平时只抽四块钱一包的红梅。对自己节俭，可对曼丽却很大方。每次曼丽去他的虾塘，他总是忙着抓海鲜，买零食，忙前忙后，似乎恨不得将所有家当都放在餐桌上讨曼丽欢喜。他对曼丽的父母也孝顺，每次来曼丽家，手上都是拎满大大小小的礼包。有一次台风，曼丽家的房顶给吹坏了，他顾不上自己刚刚遭灾的虾塘，便跑来给曼丽家修房顶。这让曼丽和她的父母都极为感动。

父母中意洪长青，曼丽便随了他们的意。那天洪长青来曼丽家时，曼丽就向他透露了这个意思。洪长青听到这个消息，异常高兴，吃了午饭，便带着曼丽去了镇上。在镇上的供销大楼，他豪爽地给曼丽买了金戒指和金项链。

新婚之夜，曼丽看着一脸纯朴的洪长青，忽然心里愧疚，一时之间，脱口说出了自己不是处女的事，她告诉他自己曾有过一个男朋友。听到这个事情，洪长青脸上划过一道古怪的神情，但很快他便神情坦然。他颇为大度地说，谁能没个过去呢？像你这么漂亮的女大学生，没谈过恋爱才是怪事。没关系，我不在乎这个。当时，看着诚恳的洪长青，曼丽极为感动，这个真诚而大度的男人，竟然这么轻易地容忍了她的过去。

那几年，洪长青很辛苦，运气也好。几乎养什么什么赚钱。后来，他又学人买挖机，做工程，依旧样样顺利，几年时间，他赚到了别人一辈子都赚不到的钱。洪长青有钱了，身上的东西也在慢慢发生变化。原先，曼丽嫌他脏，每次上床都要让他洗澡，但不知什么时候起，他开始不洗澡便钻进被窝。原先，他对曼丽的话总是言听计从，但后来，他也开始顶嘴。这都是正常的，曼丽觉得，夫妻的事不能总是一团和气。这些都是她能承受的范围，直到一天晚上。洪长青喝得酩酊大醉回到家里，将她翻醒，要行房事。她闻见他身上那股酸臭味，毫无兴致，情急之下，竟将他翻下了床。洪长青很生气，他重新上床，用蛮力将曼丽压在身下，如同强暴一般跟她行了房事。也就在那个时候，她第一次听到了那个词语，前夫。他反复地在她身上问，你前夫的那个东西大不大，有没有我的大？起初，曼丽并没有听懂他说的是什么，但在短暂迷惑后，她明白了他的意思，他说的是她的前男友。他竟然将他称为她的前夫。就在这一刻，她明白了，洪长青从来都没有不在意过这件事，他一直都在等这个将那个词语说出来的机会。

现在看起来，洪长青发展到今天这一步，是有轨迹可循的。其实，洪长青说得没错，现在的自己已经没有本钱跟他说什么离婚的事情了。洪长青虽然粗俗，但他脑子却是清楚的。他看穿了自己。那天晚上的对话之后，他也迅速采取了措施，他的第一个动作便是断掉了她每月两万的零花钱。

这是非常有效的一招，这让曼丽更清醒地意识到和洪长青的对抗毫无意义。她已经习惯了这种锦衣玉食的生活，没有了零花钱，每月几千元的工资，显得那么微不足道。以前是怎么过的，以前也没钱哪？

洪长青断了曼丽的零花钱，美容店、服装店那些人的电话却天天打来，提醒她新出了什么护肤品，新进了什么新款式的衣服。这些电话让她备受煎熬，她穿惯了名牌，用惯了好东西，也习惯了别人讨好她的口吻。可现在，她却寸步难行。

其间，她给儿子打过一个电话。她问儿子，如果让他回来念普通学校，会怎样？儿子说，妈你什么意思，谁要回来？儿子说这话的时候，她仿佛看见他在电话那头惊愕而又愤怒的神情。她确认了，洪长青所说的东西，样样都是她无法逃脱的。婚姻到了这个地步，是没有公平可言的。这就像国家政治，没有硬实力，只能低声下气。

她不能再跟洪长青提离婚的事情了，提这样的要求是愚蠢的，就像赌博，好牌全在洪长青手里，自己根本没有任何机会。幸亏，在这个问题上，洪长青还算是厚道的，很快，他便恢复了曼丽的零花钱，而且他也不再提这个事，就像曼丽从来没有跟他说过离婚这个事一样。当然，他的行为也更为放肆了，他再也不躲躲闪闪，即便在家中，他也照样跟他的狐朋狗友打电话，说哪里的三陪女长得漂亮。而且，洪长青夜不归宿的次数也越来越多。对他来说，婚姻似乎已经不存在了。在她面前，他显得趾高气扬，现在，他已经不是洪长青了，而是胡汉三。

10

测试纸是星期天的早上寄来的，这是个尴尬的时间。星期天，马思安一般都是在家里的。

快递电话打给林爱娟，她在短暂疑惑后迅速确定了这个包裹的身份。她觉得有些激动，但马思安在家里，她不能将激动的情绪表现出来。她坐在客厅的沙发上，故作镇定地看了会儿电视。但她根本看不进去，只记得电视里有个长着大鹰钩鼻的男人对着自己挤眉弄眼。好容易坐了一会儿，她在心里估摸着时间，自己该走了。

我要出去一下，去趟单位，单位还有点事情要去处理一下。

马思安看了她一眼，平静地说，我也要出去，要去趟市里。

林爱娟感到一阵高兴，马思安的离去，意味着她可以从容地将那个东西带回家里来。她问了一句，你什么时候回来。马思安不再看她，站在镜子里整理着自己的衣服，应该要晚上了。她的心里又一阵放松。

两个人一起出的门，马思安的司机在门口等。她没有坐马思安的车，在这方面，马思安是非常严格的，他从来不让林爱娟搭他的车。林爱娟也不希望坐，特别是今天，她甚至希望，自己能在这一刻与世隔绝，没有任何人注意到自己的行为。

她坐车来到单位，快递放在门卫那里。门卫冲她笑着，这让她有些紧张，他的笑容里似乎藏了什么东西。她忽然担心起来，迅速拿了包裹，仔细地看。包裹包装得很仔细，丝毫没有拆过的痕迹，她想自己有些疑神疑鬼了。

林爱娟回到家，关上门后，却没有急着打开包裹。她在房间里四处看了，确认马思安没有回来。转了一圈，她便坐在沙发上给马思安打电话，当她听见马思安说车子已经上高速了，这才将心完全放到了肚子里。她叮嘱马思安让司机开慢点，要注意安全。

林爱娟挂下电话，将包裹从包里取出。这是很小的一个包裹，但这包裹里却似乎隐藏着林爱娟的命运。她小心地打开包裹，如同排雷一般。包裹里头是一个小盒子。打开小盒子，里面装着的便是测试纸。林爱娟将说明书拿出来，仔细看了上面的说明。随后，她到卫生间洗干净手，拿出针刺扎在手上，然后她将血滴在了那张创可贴一般的测试纸上。她看着自己的血慢慢地渗进测试纸内，测试结果出来还需要等上一段时间。在这个短暂而又漫长的时间里，她再次想起了马思安。

自己是马思安的一个同学介绍给他的。第一次见他时，她就发现他有些与众不同。他个子不高，却显得很精神。话很少，但一开口，却显得那么准确到位。再繁杂的事情，只要他点拨几句，就能把整个事情整理清晰。而且，他的眼睛很有魅力，有一种很认真的东西，她很少看到这么认真的眼神。

第一次见面，她就对他有了深刻的印象。那时，他还是一个镇政府里的小青年。结婚后，他当上了镇团委书记，后来，又当上了副镇长，镇长，一步一步走到了今天。在别人眼里，他是成功的，几乎没费什么周折。只有她知道他付出了什么。有的人当官，是为了得到权力，然后去过那种富贵的生活。但马思安不一样，一开始他便明确了自己的志向。他要当官，他要权力，他要用权力扎扎实实地做些事情。可一开始，他走得并不顺利，根本没人欣赏他。后来，他无意中得知家族里头有一个人在省城当官。知道这个事后，他就想办法从单位请出病假，跑到了省城。经过一番周折，他了解到那位领导有清晨在公园锻炼的习惯，于是，每天清晨，他都守在那个公园，等待着领导出现。后来，还真被他接触上了。接触几次后，领导知道了他是来省城学习的，而且还是他的同乡，领导很高兴，他有家乡情结，这个讨人喜欢的年轻人居然是自己的同乡，这显然是个意外的惊喜。而他也没有浪费这个好容易创造出来的机会，完整地展示了自己各方面的能力，力图给对方留下最深刻的印象。

那一次，他在省城的一个小宾馆住了大半个月，功夫没有白费，回单位不久后，他便得到了提拔。后来的那些时光，他一直牢牢地培养着这条关系，每逢节日，他都会去省城，看望那位领导。他从来不送贵重的东西，秋天，螃蟹肥了，他送几斤青蟹去。春天，茶叶上了，他又送些茶叶去。直到对方退休了，他仍然保持着这样的联系。他是一个懂得知恩图报的人。

林爱娟记得第一次见到马思安时，便觉得他应该属于某一类人，但她想不出他应该属于哪一类。这样，一直到他第一次当上一把手，在电视上出现，她才明白自己当初的那种感觉是什么。他是个当官的，天生便是个当官的。那时，她忽然觉得自己很崇拜电视里的这个男人，似乎那已经不是她的丈夫，而是一位大人物。

事实上，他也的确潜移默化地影响了她。在碰到事情时，她总是会去问马思安，在她眼中，似乎没有马思安所不能解决的事情。而马思安也总会告诉她一个明确的方式，甚至连细节都会帮她设计好。时间久了，她就习惯了这种方式，以至于她在做任何事时，首先想到的便是如果是马思安面对这个事情，他会怎么做。他会用什么样的腔调说话，用怎样的方式处理。

她坐在客厅里，忽然觉得有些讨厌自己。她似乎已经忘了自己是一个怎样的人了，她只是一件拙劣的马思安复制品。

11

接到林爱娟的电话时，小夏正在家里准备送儿子去青少年宫学跆拳道。这是每个星期天固定的节目。一堂课的授课费用是100元。小夏和李伟不同，她不奢望儿子有什么宏大的理想，成为什么大官，她只希望儿子身体健康，茁壮成长就行。所以，别人报这个班，那个班，她唯一报的就是这个跆拳道班。

看到林爱娟的电话，小夏有些诧异。此时，李伟正躺在沙发上看一本厚厚的官场小说。小夏不知道他从哪里弄来这么一本书，以前他几乎不看书。可这几天，他却几乎入迷了。她懒得管他，她也管不了他。他就像个任性的孩子，一点都说不得。

林爱娟在电话里约小夏去逛街。林爱娟说，你上次不是说想买我那个包吗？我现在带你去看看吧。林爱娟的邀请有些突然，这是小夏始料未及的。在短暂的迷惑后，她对林爱娟的邀请表示了婉拒。

爱娟姐，真不好意思，今天我要陪儿子练跆拳道呢。

林爱娟似乎有些不大高兴，说，那随你。便将电话挂了。

一旁看书的李伟似乎听到了什么，扭头问小夏，谁呀？小夏说，林爱娟。

李伟放下书，她找你？小夏说，她让我陪她逛街，我说我要送儿子去练跆拳道。李伟迅速从沙发上坐起身来。

你脑子坏了呀？怎么能说你没空呢？

小夏说，我这不是要送儿子去青少年宫吗？

小孩子少练一次怎么了，又不会损失什么，林爱娟约你上街，可就一次机会。

小夏还是拒绝，那不行，不能旷课。

那我送他去行不行？你呀，就是不晓得轻重，赶紧给林爱娟打电话，陪她去逛街。

小夏没答应。打呀，李伟催促着，他几乎是用一种哀求的眼神看着小夏。小夏迟疑了一下，终于还是拿起手机，拨通了林爱娟的电话。

李伟就站在小夏面前，看着她打完了电话。

说好了？小夏点了点头，她没生气吧？怎么会呢。那就好，那你快去吧。小夏还是有些不放心，又跟儿子交代了几句，让他练习时注意别受伤。这时，李伟在一旁显得有些不耐烦了。

你就别磨蹭了，赶紧走吧。李伟的口气，几乎是将小夏往外赶了。

没见林爱娟的时候，小夏还担心她会不会为刚才的小插曲而不高兴，但一见面，她便发现自己的担心有些多余了。这个下午的林爱娟展现出了与平时完全不一样的状态，整个人都显得轻松愉悦。

爱娟姐好像是有什么高兴事。没有哇，怎么了？呵呵，我感觉你和平时有些不一样。林爱娟笑呵呵地说，可能是我平时太严肃了。

两个人坐车去淮河路的那家包店。小夏其实不乐意去那里，她有些后悔那天跟林爱娟说自己喜欢那个包。那只是为了跟她套近乎。说实话，她并不喜欢林爱娟那个包的款式，而且，如果自己买了跟林爱娟一模一样的包，单位里的人看见，不好。

让小夏庆幸的是，那个店里已经没有那个包了。看了一阵，小夏推说自己不喜欢，两个人便走出了那个包店。随后，林爱娟又拉着她去了另一家店，那家店显然要比这家的档次要高，全是假冒的名牌。林爱娟仔细挑着包，看着还合适的，便站在镜子前反复地试。小夏跟在林爱娟后面，看着她，她对包并没有太大兴趣。

挑了一阵，林爱娟终于挑中了一款。是仿的香奈儿的一款。标价1200，林爱娟还600，最后，老板降到1000，就不再松口了。林爱娟显然是熟悉这样的生意方式的，老板这是在试探自己的底线，看看自己到底有多喜欢这个包，如果自己表现得太明显，他就断然不会降价。这样，她便放下包，叫小夏走。

按林爱娟的打算，她走出了店，老板的价格防线便会被突破。他肯定会叫住她，以600的价格卖给自己。但让林爱娟惊讶的是，当她走出店门后，老板却丝毫不搭理她。小夏看出来，林爱娟的确是喜欢那个包的。没买成功，又不好意思回去，心情显然受到了影响，话也少了。小夏跟在她身后，觉得有些尴尬。

吃晚饭的时候，小夏将林爱娟买包的事告诉了李伟。当即，李伟便对小夏提出了批评。

你当时怎么不把那个包买下来呢？

小夏觉得李伟的话有些奇怪，她为什么要买那个包哇？

我买它干吗？我又不喜欢那个包。

你喜欢有什么用，林爱娟喜欢哪，她喜欢，没买成功，你不正好可以买来送给她吗？

吃完了饭，李伟便催着小夏带他去那家包店。没办法，小夏只能听他的。如果不去，不知他又会说出什么不冷不热的话来。

就这样，小夏陪着李伟到了那个包店。当李伟将那个包拿到柜台付钱时，小夏忽然觉得很伤心。李伟太粗心了，他应该知道她也是女人，她也有柔软而敏感的心灵。他从来也没给她买过包。可现在他却让自己的妻子和他一起，为另一个女人买包。

12

中午的时候，林爱娟突然不想去外面吃饭了。她在办公室里跟小夏说，我们中午出去吃吧。小夏愣了一下，好哇。她显然没想到林爱娟会主动约她吃饭。林爱娟用眼睛的余光看了曼丽一眼。曼丽没什么表情，仍然坐在办公桌前。过了一会儿，她起身，走出办公室时，用力撞了一下门。她不高兴了，她不是个擅长掩饰自己的人，林爱娟心里有些满足感。办公室就三个人呢，小夏站在哪边，就意味着哪边会是胜利一方。

曼丽出门后，就一直没有回来。曼丽这是早退，但现在林爱娟并不想管这事。这几天，她的心情一直不错，测试纸的测试结果让她如同获得新生。而且，这个结果也间接地证明了马思安的清白。为此，林爱娟还感到有些歉意，她不应该那样揣度马思安。幸亏，在这个事情上，她没有流露出什么蛛丝马迹。

下班后，林爱娟便和小夏去了单位附近的一家咖啡馆吃中饭。通过这些天的接触，林爱娟发现小夏其实是个不错的人，心地质朴，对事情有着天然而简单的看法。她隐约感觉，小夏接近她，跟马思安有关。她可能是有什么事需要马思安帮忙。不过，就算是这样，也无所谓，这是正常的。她并不介意这个。她对有个小姊妹的现状感到满意，以前，自己总是把自己包裹得太紧。

吃了饭，林爱娟不想急着回单位，又点了两杯咖啡喝。两个人坐在落地玻璃旁，太阳从玻璃外照进来，暖洋洋的，很舒服。

小夏，你爱人是在哪里上班的？小夏说，国土局。哦，对的，好像上次谁说起过的。

林爱娟突然提到李伟，让小夏有些紧张。她为什么要问李伟的单位，难道是她知道什么了？小夏有些担心，如果林爱娟知道了这件事情，她会是什么态度呢？

可接下来，林爱娟却不再提李伟了，她将话题岔开，又随意说了些闲话。就这样，两个人聊了一会儿，随后话便少了。小夏发现，林爱娟并不是个很多话的人。她总是提一个话题，然后等着小夏接过去。就像老师布置了作业，让学生做。可她也不是一个好的聊天对象，聊着聊着，便不知道说什么了。突然的冷场让小夏有些沮丧，她想，如果将自己换作曼丽，兴许就不愁没话题了。想到曼丽，小夏突然想到了一件事，也许林爱娟会对这事感兴趣。

爱娟姐，给你说个好玩的事吧。嗯，林爱娟有些懒散地应道，听得出来，她对小夏的话题并不抱太大希望。

这也是我前几天无意中听说的事情。说有个女人，担心丈夫有外遇，但又没办法制止，所以很苦恼。后来，终于被她想出一个办法。她给她老公买了一条红色的内裤，然后把自己的名字绣在了内裤上。后来，她又将这内裤拿到寺庙里去开光，她希望这样就能镇住她的丈夫。

林爱娟看着小夏，这个方法真有用吗？小夏愣了一下，应该有用吧，具体的我也不清楚了。林爱娟听了，似乎若有所思。过了一会儿，她又开口问小夏，那个人将名字绣在内裤什么地方，寺庙又怎么会答应开光。小夏感觉林爱娟被自己的话题引起了强烈的兴趣，她有些愧疚，自己竟然用曼丽教的方法来讨好一个曼丽不喜欢的人。

从咖啡馆出来后，小夏突然说，爱娟姐，什么时候请你们两口子一起吃个饭吧。林爱娟愣了一下，虽然有些意外，但她还是很自然地答应了。她似乎没有拒绝的理由。

整个下午，林爱娟都在办公室里想着红内裤的事。这事听上去有些玄妙，却极有逻辑性和象征意义。将自己的名字绣在内裤前方，然后让男人的东西顶在那名字上，就相当于在那里盖了一个印章，确定了男人那东西的归属，以后自然就不能乱来了。而且，那内裤是拿到寺里去开了光的。林爱娟相信这些，开了光，这内裤就成了贞操带，男人们再也不能到外面乱来。在想到这些事时，林爱娟的脑子里忽然滑过一句样板戏的念白：天王盖地虎，宝塔镇河妖。

下了班，林爱娟去了趟商场，在内衣专柜那里，买了一条红色的男式内裤。回到家里，马思安正好不在。她翻出了久未使用的针线，她决定自己绣这个名字。运用什么技法，这不是要紧的事，关键是自己动手绣。这样的事，无非是一个诚心，如果没诚心，再好的技法都没用。

她将内裤从盒子里拿出，平铺在桌面上。她要确定一下绣名字的那个部位。随后，她便开始绣。她是有功底的，以前在家时，也学过女红。但毕竟久未操作，有些生疏了。虽然绣得挺快，但字形不够漂亮，而且，这字太大了。小夏说过，刺绣师傅绣的，根本就看不出来。她想这么大的字，肯定不能给马思安穿，他是个精明的人，如果让他看见，他一定会不高兴。要是问起自己来，自己根本没法回答。

林爱娟想，自己应该再好好练习一下，这条裤子，就权当试验了。

13

曼丽回到家，家里空荡荡的，洪长青又不在家。现在，他已经肆无忌惮了。那天关于离婚的谈话，似乎捅破了他最后的一点顾忌。现在，他已经确认了一件事，曼丽不过就是只纸老虎而已。

曼丽坐在沙发上，忽然觉得心底涌起一阵的寂寞。这是前所未有的感觉，即便当初那个男友离开她时，她也没有这种感受。似乎所有的人都事先约定，在这一刻离她而去。她就像一个孩子，孤独地站在那里，不知所措。

手机在响，她打开包，将手机取出来，是一条短信。她忽然有些惊喜，竟然是他。还记得我是谁吗？曼丽迅速回过去，当然记得。

她怎么会不记得他。这个意外遇见的男人，在高中时是那么的优秀。长相英俊，体育成绩好，又有文艺细胞。在女生中间，她经常听到她们对他的议论。平时，他身边从来不缺爱慕他的女生。那时，对于这个人，曼丽是不敢接近的。他是所有女生心目中的白马王子，虽然自己条件也不差，但对这个王子她却没有过野心，他是属于最优秀的女生的。

曼丽想起了那天遇见他的情形，他似乎稍稍胖了一些。但相比较这个年纪的男人，他保养得还是不错的。

当他主动跟她打招呼，并认出她是当年学校的同学时，她的确有些激动。晚上回到家里，她翻出已经盖满了灰尘的相册。看着当年的自己，不难发现时间在自己身上所留下的痕迹。但让她没想到的是，他却一眼认出了自己，这不能不说是一个意外。她已经很长时间没有这么激动的感觉了。

曼丽回了短信，他却不再说话。曼丽有些落寞，她想问问他在做什么，但她又不想表现得太主动。她不能让对方察觉出什么。她打开电视，胡乱按着遥控器。

过了一会儿，手机又响了。她迅速地打开手机，是他的短信。他问她在干什么？她没有直接回话，平静了一下激动的情绪，好一会儿，才发回去。

我在看电视。

不用陪老公吗？

出去应酬了。

不会是会情人去了吧？

不知道，管不了。

男人都这样的。

她想了想，问他，你也有情人吗？他说有的。曼丽一愣。随后，他的短信又发来了，我的情人就是你。她扑哧笑了，你别乱说。他说，真的，那天见面后，我就一直在想你。要不我们见个面吧。她说，不。随后，他的短信就没有了。

她拿着手机，有点怅然若失。她有些后悔自己拒绝了他，但他也应该主动一点，再说些讨好她的话，她肯定就答应了。

她又等了一会儿，终于还是忍不住发了个短信过去。

我老了，又不漂亮，你不会想见我的。他说，你更有魅力了。她想了想，问了他一个早就想问的问题，我念书时，你真的注意过我？他说，当然，那时，你是那么的引人注目。

看到这条短信时，她心里漾起一股暖流，他是个聪明的男人，知道什么话能让女人受用。他说，出来坐会儿吧，一个人在家多闷。出来喝杯咖啡。她想了想，答应了。

出门时，她精心打扮了。这是奇妙的感受，她已经好久没有为一个男人这样打扮过了。她甚至觉得有些羞涩，似乎不是去喝咖啡，而是出嫁。

见面的地点是天寿公园边的一个咖啡馆。他订了一个包厢，他对这个地方似乎很熟悉。她坐下后，他便向她推荐这里的卡布奇诺。她听从了他的意见，点了一杯。坐在他对面，她显得有些局促，似乎都不敢抬头。他倒是自然的，说了些以前的趣事。他的口才很好，幽默风趣。她想起了那段青春岁月，心里头有一种久违的美好感受。

聊了一阵，他起身出去，可能是去厕所了。回来后，他直接坐在了她的身边。她忽然觉得心跳急促了起来。随后，他便极自然地搂住她，并吻了她。那一刻，她有些眩晕，甚至连拒绝都忘了。她觉得做梦一样，就像时光回到二十多年前。那个最优秀的男生竟然将她搂在怀里，这是多少女生曾盼望的事情。

突然，他将手伸进了她的裙子。她一激灵，忽然意识到了什么，她心里有些不舒服，开始挣扎，可他的力气却很大，她挣不开。随后，他的手熟练地拉掉了她的内裤。她没有办法，只能说，不要，别人会进来的。可他却依旧冷静，在她耳边说，放心，我刚才进来时，已经将门反锁了。

事情很快便结束了。做完以后，他似乎没有了先前的浪漫，坐在那里用餐巾纸擦拭自己的下体。擦完后，他还用手端过咖啡杯用力喝了一口。她就坐在那里看着他，她感觉心里一片荒凉。她觉得很后悔，她不是后悔自己出轨，而是破坏了这么美好的一个记忆。

14

李伟早早便去了饭店。这是这段时间他最兴奋的一件事。小夏能成功地约到马思安让他喜出望外。对于小夏这段时间的工作，他表示了高度的肯定，为了表达自己对小夏这段时间工作的感激之情，李伟还特意安排饭局。这一天将儿子送到自己母亲家，然后和小夏一起过一晚二人世界。

李伟毫不掩饰的愉快也让小夏受到了感染，她喜欢看到这样的局面，一家人，和和气气。

这天晚上的菜单，是早已确定好了的。除了龙虾刺身、鱼翅盏这些常规动作，这桌菜最大的亮点是一条来自东海的野生大黄鱼。这黄鱼是他前几天在舟山的一个船老大那儿定下的。现在，野生大黄鱼已经很少了，极难弄到。但他喜欢这种不容易，这说明了他的能力和诚意。大菜是早就定下的，不会动，但几个小菜，他又临时调整了一下。他加了一个乌饭小麻糍和一个蒿菜牡蛎汤。这是他上午刚得到的消息，这是马思安老家的小点心。领导嘛，总是有些思乡情结的。

李伟早早地站在楼下大厅门口等马思安夫妇，他显得庄重并充满诚意，如同正在操办喜酒的新人。五点二十几分时，人终于来了。但只有林爱娟，没有马思安。李伟愉快的心情瞬间低沉了下去，他毫不掩饰自己的失落，连身边的小夏都看得出来。林爱娟有些歉意，说马思安临时碰到点事情，有个老上级来了，他要去接待一下。但她很快又补充道，马思安说了，只要时间赶得及，他还会过来的。

李伟被突如其来的变故给打击了，他愣在那里，对林爱娟的解释没有任何表示。此刻，他的心情已经乱成一团。这都是屁话，马思安怎么可能从老上级的饭桌上赶到这里来？即便来了，又有什么用？如果他现在来，就能将李伟准备的饭菜一样一样仔细过目，器宇轩昂的龙虾，金灿灿的黄鱼……这不是菜，而是他的心意。可要是中途来，这些菜早就没有了精神，充其量只是些剩饭剩菜而已。这怎么能一样？

李伟的态度让小夏有些尴尬，他不应该这么直白地显露出自己的不悦。她轻轻撞了一下李伟，爱娟姐，我们上去吧。

菜一样一样地上。每上一个菜，李伟的心情便会差一些。上了一个菜，就是削弱了一份他对马思安的心意。中途时，李伟有些坐不住了，他让林爱娟再给马思安打个电话。那条野生黄鱼马上要上了，他希望马思安能在这条黄鱼上来之前出现。林爱娟打了电话，可马思安却没有接。林爱娟再次表达了歉意，并安慰李伟，马思安肯定是走不开，否则他不可能不接电话。

小夏赶紧说，没事没事，我们吃我们的。

上龙虾刺身时，马思安没来，上东海黄鱼时，马思安没来，最后大家握手告别时，马思安仍旧没来。李伟的心情就像一个等待最后宣判的犯人，终于一点一点地绝望了。在饭店门口，林爱娟第三次表达了自己的歉意，她强调马思安是确定要参加这场饭局的，肯定是走不开，否则，他不可能不来。林爱娟当场还表了态，回去以后，她一定会跟马思安仔细汇报今天的这场饭局，李伟是花了真心思的。

这个时候，李伟的脸上才有了一丝笑意，他艰难地说了一句，没事没事。

林爱娟走了，李伟的脸色便像百叶窗一样迅速拉了下来。他早就不痛快了，他不是一个好脾气的人，但他却一直不好将这不痛快发泄出来，毕竟席上还坐着林爱娟。现在，林爱娟走了，只剩下了小夏，他没有再掩饰自己的必要了。

离开饭店，李伟一声不吭地开着车去他妈妈家接儿子。小夏有些失望，说好了饭局结束去看电影，一起过一晚二人世界，怎么能变卦呢？但这样的话她不敢说出口，李伟不说话的时候，看上去让人害怕。现在，他似乎都懒得看自己一眼，就像一切都是她的错，她成了他这辈子最厌恶的一个人。

15

林爱娟回到家时，马思安正端坐在客厅沙发上看报纸。他似乎不大高兴，怎么才回来的？林爱娟说，刚吃完呢。马思安没作声，继续看报纸。

林爱娟走到厨房里洗菜，然后做菜泡饭。是有些晚了，自己应该早些回来，马思安跟她说过的，让她早些回来给他做菜泡饭。马思安是从来不下厨的，即便饿死，他也不会去厨房烧东西吃。他就是这样一个人，做任何事情都极讲究分寸。什么是该做的，什么是不该做的，一旦确定，就不容更改。在他眼里，厨房本就不是一个局长应该待的地方，局长就应该衣来伸手，饭来张口。这是他一贯的生活作风，也是他树立自身权威的方式。

林爱娟心里有些歉疚。她没想到今天李伟将饭局准备得这么隆重。她跟马思安说过今天饭局的事，马思安当时便表示了拒绝。他就是这样一个人，不吃请，也不准林爱娟吃请。林爱娟有些为难，说，自己跟小夏一个办公室的，不去不大好。马思安想了想，那你自己去吧。林爱娟说，你不去吗？人家说了请我们两个的。马思安说，这不简单，你先别说我去不去。到时你跟她说我临时有事，要陪上级领导不就行了。林爱娟没再坚持，自己去也没关系，如果小夏真有什么事要马思安帮忙，她到时再帮着转达就好了。

但她没想到李伟却将这个饭局安排得这么隆重，如果是这样，她肯定会推掉。这样的饭局所托的事肯定不会是小事。

林爱娟将菜泡饭盛起来，又装了一小碟咸菜，端到客厅。马思安放下报纸，坐在茶几边慢慢地吃起来。马思安吃饭的当口儿，林爱娟便随口说起了晚上的这场饭局。

小夏夫妇真是用了心思的，连大黄鱼都上了。这一条大黄鱼，也不知花了多少钱。

马思安没说话，继续吃菜泡饭。林爱娟又说，其实，你应该去的，人家毕竟一番好意。我原本也以为小夏要托我什么事，但饭桌上，人家也没说什么。

马思安停了下来，将筷子搁在碗上。他有些不屑地看着林爱娟。

难道你真没看出来？你以为人家真是跟你叙姊妹情？笑话，请朋友吃饭会上东海大黄鱼？哼，别把人都想得那么美好。这个李伟，你以为他那么诚心请你我吃饭？为什么以前不请，偏偏这个时候请？肯定是从哪里知道了我要去他们单位的消息。我要是吃了这顿饭，以后去了他们那里，你叫我怎么弄？这个李伟，他要是工作做得好，我自然会重用，否则吃什么也没用。

林爱娟一愣，你要去国土局吗？怎么从来没听你说起过？

马思安又低头吃泡饭，又没最终定，有什么好说的。

林爱娟想着小夏，还是觉得有些歉疚。现在这个社会，人家请你吃饭，托你点事情也是正常的，干吗这样拒人千里。但她没有说出自己的心思。她不敢。

吃完了饭，林爱娟要收拾碗筷，但马思安却示意她先别洗，先在沙发上坐一坐。这是罕见的举动，林爱娟忽然觉得有些不安，马思安似乎有什么重要的事情跟她说。

林爱娟坐下后，马思安便从背后掏出一个东西来。林爱娟仔细一看，竟是自己绣的那条短裤。她忽然紧张了起来，该死，自己那天随手将这短裤塞在大衣柜下了。她没想到马思安居然会将它找出来。

马思安将内裤拉开，他的名字便赫然显现在内裤上头，就像一幅拙劣的书法，十分刺目。

跟我说说吧，这是怎么回事？

林爱娟一时不知该怎么回答，愣在那里，不知所措。马思安将内裤放在一边，沉着地点了支香烟。

不要以为我什么都不知道，你应该清楚，我不是个笨人。这几天，你做的事情，我心里都是有数的，别想着能瞒过我。我们是夫妻，我对你还不了解？要知道，我手下管着上百号人呢，连你的心思我都看不出来，我还能当这个局长吗？但我不想拆穿你，我是个讲道理的人，我们这么多年的夫妻这点信任是应该有的，既然你不信任我，那就让你自己去找可以信任我的办法。

林爱娟听懂了马思安的意思，他说的是艾滋病那个事。她忽然觉得很后悔，她不应该那样做。

林爱娟低着头，不吭一声。她不知道自己该说什么，她就像个犯错的学生，任由老师批评。

16

早上上厕所的时候，曼丽发现自己下面流血了。这是怪异的事。是月经吗？不像啊，如果是月经，这血应该是澎湃的，不可阻挡的，但此刻的血却是舒缓的，细水长流的。

她去医院做检查，医生告诉她，这是宫外孕。该死。曼丽想起了那天晚上的事。不是他还是谁呢？洪长青已经不跟她同床了，只能是他。

曼丽脑子里迅速划过了那天晚上的一些场景。他是那么的熟练，他肯定经常在外面这样做。这一刻，她忽然感到有些嫉妒，他是那么优秀，肯定很多女人投怀送抱。自己真是脑子坏了，莫名其妙地相信了他，做了那件事。她想起来，那次他根本没有戴套。

这个事情麻烦了。自己太大意了，她应该想到这一点。他既然能跟自己，当然也能跟别的女人，就像洪长青一样。以前，她也怕他在外面乱来，将脏病带给自己，所以每次都会让他戴套。他很不情愿，但他也不拒绝，他明白曼丽的心思。有时戴着套子，不知不觉他就软掉了。他将套子从他那玩意儿上用力扯下来，不再继续，嘴上嘟囔个不停，充满了抱怨。

庆幸的是，检查结果显示她并没有感染什么脏病。

可宫外孕远比得脏病来得更麻烦。洪长青是不可能让自己怀孕的，如果他得知自己怀孕了，后果可想而知。从他对她前男友的称呼，她便能感觉到他是一个嫉妒心多强的男人，他是绝对不能容忍自己给他戴绿帽子的。如果他知道自己跟别的男人有了那种关系，他肯定会毫无余地地甩掉自己。不行，她不能跟他离婚，她知道自己现在离开他，根本就没办法生活。

眼下应该怎么办呢？在一瞬间，她想到了那个男人。但她很快就否定了自己的这个想法。他是靠不住的。那天晚上发生那个事后，他就再没有联系过自己。现在，她明白了，对他来说，自己不过就是一个可以免费做爱的女人而已。现在目的达成了，他肯定不会再放下身段讨好自己。虽然她也有些不甘心，也想问问他。但最终还是忍住了，她要把自己也打扮成一个老手。她要让他感觉不是他玩了自己，而是自己玩了他。

对于曼丽现在的状况，医生给出了两个治疗方案。第一个方案是手术。目前，曼丽的一根输卵管被堵住了，所以，需要切除这根有问题的输卵管。这样做的好处是，直接，有效，不会有任何隐患。但后果是，输卵管切除后，以后要孩子可能会困难一点。另一方案便是保守治疗，吃药。相对手术而言，吃药拖得时间要长一些。而且，吃药也并不意味着曼丽可以不住院。医生跟她解释，这个药叫米非司酮，吃下去，可以将HCG（人绒毛膜促性腺激素）指标降下来，HCG指标降下来，病也就好了。可是，每个人的情况不一样，有些人光吃药，HCG指标是降不下来的。一旦药物不起作用，最后，精子就可能会堵在输卵管里，一直生长，直至输卵管爆炸，造成生命危险。所以，吃了这个药依旧要住在医院，要接受医生的监控。

曼丽发现自己是真的碰到大问题了。两个方案似乎都缺乏操作性。手术治疗虽然可以除根，但毕竟是手术，动静太大，怎么可能掩饰得过去？药物治疗也是一样，虽然不像手术那样动刀动枪的，但毕竟也要住院。她最担心的就是这个，一住院，就什么都暴露了。现在问题的关键就是住院，如果不住院，什么都好办，可一住院，事情就超出她的掌控范围了。洪长青是不会饶了自己的。

该怎么办呢？曼丽没有任何的头绪。要治病，就必须住院，可一住院，自己的事情就会暴露，这就像一个没有正确答案的方程式。要是能有人给自己出出主意，那该多好哇。

曼丽一个人站在医院的门口，这一刻，她觉得自己是那样的孤立无援。

17

来办公室之前，小夏就已经想好了。她不能让林爱娟感觉自己有丝毫的异样。虽然那天马思安没有来，但不管怎样，林爱娟是参与的，不能让她感觉到自己对这个事有什么想法。一笔归一笔，她不能学李伟，将什么事情都放在脸上。

小夏进办公室的时候，林爱娟已经来了。让她意外的是，曼丽也早早地来了，正认真地盯着电脑屏幕在看什么。这是意外的情况，她似乎从未这么早到过单位。小夏心里忽然觉得有些忐忑。

她将包在座位上放好，然后像往常一样去烧水。烧好水，她要给林爱娟倒，但让她意外的是林爱娟却做了一个拒绝的手势。小夏抬头看林爱娟，她发现了一件让她惊异的事，林爱娟的脸上竟然又浮现出了一种熟悉的神情。她已经好长时间没有看到过这种神情了，显得那么坚硬而又不可接近。在那一刻，小夏觉得浑身冰凉，一切似乎又恢复到了从前的那个局面。

小夏有些落寞地坐到自己的位置上，她不知道林爱娟为什么又换回了那样一副面孔。难道是为了那天的饭局？可她实在想不出那天的饭局有什么不妥。直至离开，她都没有察觉林爱娟的不满。相反，她是有歉意的，并且她一直在跟自己表达着这种歉意。

这一天，林爱娟一直都没有搭理小夏。中午，她也跟从前一样，独自去食堂吃饭，她孤零零地坐在一角，显得那样的神圣不可侵犯。小夏端着饭盆，犹豫着是不是坐到她旁边去。但最后她还是放弃了这个念头。小夏不仅没有坐到林爱娟旁边，她还觉得她应该跟李伟谈谈了。

18

一整天，曼丽都在网上寻找解决那件事的办法，但她毫无收获。那个医生没有骗她，药物治疗的确是需要住院的。她不能冒这个险，这事太危险，一旦疏忽，就会有生命危险。

该怎么办呢？曼丽坐在沙发上发愁。此时，洪长青正赤条条地躺在一旁的长沙发上看电视。他看得很认真，看着看着，突然还会大笑起来。他今天居然没有出门，这可真是意外的情况。他那些狐朋狗友呢，那些小姐呢？难道今天都没约他？

现在，她已经顾不上洪长青那点破事了。该怎么办呢？想了一阵，她突然觉得头疼了起来。她以前从来不头疼的，可最近不知怎么的，经常疼。她将头仰靠在沙发垫上，看着客厅屋顶上的吊灯，轻轻地敲打着自己的额头。怎么办呢，到底该怎么办呢？

这时，她的脑子忽然一激灵，她意外地发现吊灯的一个灯泡居然不亮了。她很快便将这个灯泡和自己的事情联系在了一起。对呀，自己最头疼的不就是住院的问题吗？如果能用别的方法光明正大地住进医院，然后再在医院里同时进行药物治疗，一切问题不都迎刃而解了吗？

曼丽为自己的灵光一现感到高兴，她想当初牛顿被那个苹果砸中时肯定也是这种心情。她在脑中迅速地勾勒出一个计划来。

她慢慢地从沙发上坐起身来，稳定了一下自己的情绪。

咦，怎么有个灯泡坏了？

洪长青瞟了曼丽一眼，什么灯泡？

喏，你看这个吊灯，灯泡坏了一个。

坏就坏了好了，不就一个灯泡吗，又不是都不亮了。

看着怪别扭的，你去拿个灯泡换一下吧。

洪长青有些不高兴，他正在认真地看电视里的一个女明星唱歌，他不想自己陶冶情操的雅兴被曼丽打断。

要去你去，我这正看电视呢。

曼丽心里一笑，她等的就是这句话。她装作也不怎么乐意地起身，去储藏室拿灯泡和梯子。她将梯子搬到客厅，在吊灯下将梯子搭起来。洪长青似乎是白了她一眼，他显然是抱怨曼丽干扰到了自己。

曼丽手里拿着灯泡，踩着梯子的踏格一步一步地往上走。短短的几层踏格，曼丽却感觉无比漫长。爬到了梯子顶部的时候，她已经紧张得难以自已了，甚至连身体也轻微地晃动了起来。她闭上眼睛，长长地呼出一口气去。这个时候，她不能出任何的差错。

好容易稳定了自己的情绪，曼丽慢慢地张开了自己的眼睛。此时，客厅里的一切都已在她的脚下了。如果从这里跳下去，她可能会掉在沙发上，如果是那样，可能就达不到她想要的效果。她应该掉在左边的茶几上，那样更有把握些，即便伤不到那个程度，起码洪长青能看见她掉在茶几上的，这样，情况严重了，她就可以正大光明地去住院。这样想着，她就踩着踏格将身体往左边的方向努力转了转。好了，现在合适了，应该能掉在茶几上了。

此时，洪长青正松弛地躺在沙发上，他的姿势显得很舒服。洪长青的脸上洋溢着一种愉快的神情，此时，电视里一个妆容艳丽的女明星正在放声高歌，她看着电视外的洪长青，似乎是为他而歌唱，这让洪长青显得非常受用。他将一只手臂挂在沙发的靠背上，另一只手则握着遥控器，自然地垂下。洪长青没穿衣服，他在家里总是那么的不拘小节。他不喜欢穿衣服，以前搞养殖时，因为职业关系，他就整天赤裸着身体。看上去他似乎比以前白了许多，那时，他皮肤黝黑，脱了衣服，就像一条巨大的鲇鱼。以前，有个人跟曼丽说过一个笑话，说有一次，他在澡堂里泡澡，正闭眼享受时，忽然觉得水没过了他的鼻子，差点让他窒息，睁眼一看，原来是洪长青下了水池。当时，她没意会到这个笑话的含义。回到家后，她突然明白，人家是在讽刺洪长青。

洪长青的确是胖，从这里看下去，他几乎不是一个人，而是一团肉，遍布油星子的一大堆肉。这时，曼丽才发现，洪长青今天竟然穿着那条红色的短裤。那上面有她的名字。

曼丽晃了晃脑袋，她想得有些多了。她看着那个茶几，又稍稍调整了一下自己的位置，然后，她闭上眼睛，身体一歪，从梯子上掉了下去。

杀死一条哈瓦那

1

一条白色的哈瓦那不知从哪里跑了出来，小短腿飞快。它跑到一棵法国梧桐下，翘起一条后腿，一股强劲的水流在地上冲出一层白沫子。哈瓦那放下腿，抖了抖白毛，将身子往梧桐树上用力蹭。哈瓦那的脖子上系着一条土黄色的绳子，绳子的另一头，挂在一只肥而白的手上。一个烫着褐黄鬈发的中年女人吃力地弯下腰，哎哟哎哟，罗伯特，你怎么能往这上面蹭？脏死了，多少男人在这底下撒尿的。你个小淘气，快让妈咪抱抱。胖女人将这条叫罗伯特的哈瓦那抱起来，对着嘴要亲。罗伯特不情愿，用力晃着脑袋。它挣开女人的手，又回到地上。地上有一块被人啃过的鸡翅。女人吃力地弯腰，将罗伯特重新抱起，罗伯特，你怎么不听妈咪的话？不要吃，多少泥腥啊。

路口走过来两个城管，走到胖女人面前，一个城管用手指着罗伯特，这是你的狗？

胖女人不高兴，当然，不是我的，还是你的吗？

你这狗上狗牌了吗？

什么狗牌，我养个狗要什么狗牌？

上牌都不知道，你还养狗？要想养狗得先办理许可证，得打疫苗。

真是笑死人，养条狗还要办理许可证，养老虎也用不着许可证啊。

我们不管老虎，就管狗，没打疫苗的狗，我们就要处理。

处理？怎么处理？

我们要把这狗抓走。

说着，两个城管便要伸手抓狗，胖女人将狗抱紧，一个侧身，亮出一副英勇不屈的姿态。

这是我的狗，你们凭什么抓走？

你不要不讲道理，不要妨碍我们执法。

胖女人冷笑一阵，突然低头对怀中的罗伯特说，罗伯特，他们要从妈咪这里把你抢走，快去咬他们。

罗伯特很听话，一探头，要咬一个城管的手，城管惊慌地向后躲，我警告你呀，你不要乱来。

女人扬扬得意，活该，谁叫你们抢我的罗伯特。

两个城管低头商量一阵，走出路口。过了一会儿，两个人回来，手上戴了手套，还多了一把网枪。他们将网枪对准女人。

你交不交狗？

情势急转直下，胖女人抱着罗伯特转身要跑，另一个城管便上前拦住去路，他张开双手。罗伯特又探头去咬，咬在手套上，没咬动，呜呜叫几声，缩回胖女人怀里。

城管和女人的斗争很快惊动了附近的人，都走过来看热闹，叽叽喳喳，拢了一个圈，将两个城管和女人围在中间，形成一个擂台。城管指着女人，最后警告你一次，把狗交出来。这时旁边看热闹的人便起哄，怂恿着女人，不要给他们，看他们怎么办。

女人被人群和城管包围，神色有几分悲怆。僵持了一会儿，她嘴角突然浮现出几丝嘲弄的笑意。就在一瞬间，她像个力士一样将罗伯特高高举过头顶，猛地摔在了地上。可怜的罗伯特猝不及防，头部着地，呜呜叫唤几声，抽搐一阵，口中冒出一堆血泡，没了动静。胖女人全然没有了之前对罗伯特的亲热劲，将手上的黄绳一扔，掸了掸手，对着城管又露出了几丝嘲弄的笑，挺胸离开了。

城管指着女人，半天才骂出一句，这种女人都有。骂完了，无可奈何，拎着网枪懊恼地离开。很快，巷子里又变得空荡荡的，不知从哪里吹来一阵风，罗伯特白色的卷毛在风中微微动摇。不时有梧桐树叶从树上掉下，砸在它的身上。

又过了一会儿，有铃铛声音从巷口传来。是一辆垃圾车。一个清洁工人走到了这里，她将车停住，看见躺在地上的罗伯特，骂了句晦气。然后拿着笤帚和簸箕，将罗伯特拨进里头，倒在了垃圾车里。

马义将镜头对准那辆垃圾车，看着它晃悠悠地离开了巷子，消失不见。他又将镜头重新拉回来，对准地上那摊血迹，来了个特写。

2

马义偷偷地看冯几何，此刻，冯几何正坐在窗边，低垂着毛发稀疏的头颅，打着瞌睡。马义小心翼翼地将试卷竖起来，对着窗口照了照，然后再将试卷摊放在桌上，写下答案。这是葛青青教他的方法。和马义一样，每个礼拜，葛青青也会来冯几何这里补课。冯几何是马义父亲当年的数学老师，马义的数学不好，父亲便想起了早已退休在家的冯几何。于是，每个礼拜，马义都会坐上一个小时的车程去冯几何那里补课。

葛青青比马义早来一些日子。有一次，两个人一起做题，葛青青看见一筹莫展的马义，便告诉他个窍门。冯几何出的试卷，能看见答案。只要将试卷对着光线，就能看见正确答案下有一条极浅的划痕。马义试着用葛青青的方式做了一次试卷，结果，得了满分。

那天，从冯几何家出来，马义便请葛青青去必胜客吃比萨。结账时，葛青青却不让马义付钱。葛青青说，要请我请，我妈有的是钱。如果我们不帮她用，早晚会被别人花光。

就这样，补课结束，马义就和葛青青成了很好的朋友。葛青青告诉马义，她不喜欢念书，她的理想是当一个导演，拍出特牛的电影。葛青青说这话的时候，马义的眼睛里便有了崇敬。葛青青说，马义，我教你拍电影吧。马义说我不会。葛青青说，没什么会不会的，我教你呢。说着，她便从袋子里拿出一个手机，塞给马义，拿去拍吧。马义不肯要，葛青青就说，没事，好好拍，以后，你就是我的副导演了。

从那时起，马义便用葛青青送他的这个手机拍东西，他也不知道自己拍了些什么。每隔一段时间，葛青青便会检查他拍的视频。看完，葛青青总会提出意见，比如哪个地方需要出画，哪个地方需要入画，哪里该用近景，哪里该用全景。马义听不懂葛青青说的那些名词，但他总是很认真地听，很认真地拍。他打心底里愿意为葛青青做点事情。

马义将那天下午拍到的女人和狗的视频放给葛青青看。葛青青有些惊讶，说，你这个真是神来之笔，如果放到网上，肯定会红。马义便笑，其实，他不喜欢把视频放到网上，他只是拍给葛青青看。但葛青青喜欢，她伸出手，做出一个抓东西的手势，只有让更多的人看见，这个视频才有意义。

葛青青坐在餐厅的沙发上，用力嘬了一口橙汁。

马义，我现在有个想法。我觉得我们要拍拍老师。

马义不明白，拍老师做什么？

有意思呀。他们总是一本正经，弄得很有文化的样子，可他们就不会吵架，不会谈恋爱，不会拉屎撒尿吗？

马义困惑地摇了摇头，没听懂。

葛青青坐直了身子，又做出了她那个很喜欢的抓东西的手势，你看，那些电视呀，电影啊，老是把老师拍成一副圣人一样的模样，可是，你相信这个世上有这样的人吗？反正我不信。你想想看，如果我们能拍出和别人不一样的老师，会不会就是一个很牛的东西？

马义还是有些迷糊，他依然没搞懂葛青青的真实意图。但他觉得葛青青的这个手势很好看，就像是在做一件非常重要的事情。

3

教室里很安静，学生们都在埋头做试卷。笔尖从纸上滑过的沙沙声，像一屋子春蚕在啃噬桑叶。窗外有一棵笔挺的银杏，从这里看出去，能看见一段粗壮的树身。这银杏似乎高得没有止境。刘枫坐在窗边，又想起了昨晚的那个梦，他看见自己穿着一身古怪的衣服，顺着一棵大树一直往上爬，那树都长到云里去了，自己爬得手脚酸麻，可总也爬不完。他不知道这个梦意味着什么。他有严重的失眠，好容易睡着，就做一些稀奇古怪的梦。

刘枫看了看手机，这节课完了，就放学了。晚上，他要去见黄尹的父亲。他不情愿见他，他看自己的眼神就像是看着一条摇尾乞怜的狗。但他又不能不去，黄尹会不高兴。

放了学，刘枫在学校旁的一个小饭馆独自吃了碗干水面。吃完面，他还要赶到超市，为那个不喜欢他的老头花掉一个月的工资，给他买软中华和五粮液。这都是黄尹交代的。

从超市出来，黄尹又打电话来催。怎么还没来，我爸等下要出去打麻将了。刘枫感到一阵阵的焦虑，此刻，街上到处都是车，他骑着电瓶车在远光灯和车喇叭声中艰难穿行，他觉得自己就像一条在网中挣扎的鱼。

在机关幼儿园附近的那个路口，突然有辆丰田车从斜刺里杀出，刘枫避让不及，连人带车一齐摔在地上。随后，空气里便散发出一股浓郁的白酒香味。

刘枫起身指责这辆斜刺里杀出的车，对方也不示弱，开门下来，杀气腾腾的样子。这是机动车道，你个电瓶车鬼一样乱窜什么？两人言语间短兵相接，互不相让，几乎动起手来，这时，旁边便有人过来拉扯。

路口一闹，整条路便堵作一团，喇叭声此起彼伏。吵了一阵，两个人都心虚起来。丰田车主看了看被撞的部位，并不严重，低声骂了句晦气，开车走了。刘枫将电瓶车费劲地扶起来，推到一边。他揉着自己的手腕，突然想起了刚才的那阵酒香。取下车头的五粮液盒子一看，两瓶酒都碎了。再去看，那辆丰田车已经找不到了。他愣了一会儿，将酒盒扔了，晃着车头两条散发着浓郁酒味的中华烟，往黄尹家赶。

黄尹的母亲在厨房洗碗，他叫了声阿姨，她礼节性地笑一笑，然后继续洗碗。黄尹的父亲坐在客厅里，跷着二郎腿，喝着浓茶。在黄尹眼神的催促下，他感觉卑微地叫了声叔叔。黄尹的父亲面无表情地点了下头，一脸轻蔑。

刘枫坐在沙发上，有些局促。黄尹站在她父亲身后，努力地给他使眼色，示意他说话。电视里正在放新闻联播，他努力想了想，说，叔叔喜欢看新闻联播呀？黄尹父亲没反应，像是没听见。刘枫又想了想，其实叔叔可以学学电脑，电脑上看新闻，更方便。黄尹父亲响亮地喝了口浓茶，拿眼白看刘枫，你来做什么？刘枫感觉有些胆怯，也没什么事，一直想来看看你。我有什么好看的？我脸上长着花吗？

爸爸，刘枫都来了，你就好好说话嘛。黄尹在一旁帮刘枫说话。

说什么，有什么好说的？我辛苦供你念书，帮你找工作，你倒好，给我找个穷教师回来。一个月几千块钱工资，一天到晚关在学校里面，都不知道外面发生了什么事。还教我看新闻，看什么？他懂什么？

黄尹父亲的话让刘枫感到恼火，但他又不好发作，耐心地解释，叔叔，你可能对教师这个职业有些误会，我们的工作还是很重要的。

对呀，很重要，怎么不重要？你们是什么工程师嘛，你看，这新闻联播里还说，教师的待遇要向公务员看齐呢。但我还是那句话，我的女儿不会嫁给老师。如果我有个儿子，我倒蛮欢喜他讨个老师老婆来，女人教书是陶冶情操，男人教书就是没出息。

刘枫听不下去了，用力地站起身来，往门口走。他站在门口，点了支香烟。他不明白自己到底来这里做什么，犯贱吗？黄尹匆匆地跟出来，你怎么这么大火气？刘枫觉得黄尹的话好笑，脾气大？自己都没大声说过一句话。但他没有争辩，他们是父女。他用力抽了一口烟。你这样一走，就彻底僵了。还有，我不是让你买酒吗，我爸不喜欢抽烟，喜欢喝酒。

刘枫依旧不说话，他将烟头扔在脚下，踩了踩，推着电瓶车离开了。

4

马义从厕所出来，蹑手蹑脚地走近母亲房间。他趴在门上听了听，没有声响，母亲应该睡着了。他溜回自己的房间，将电脑打开，找到了城市网站里的那个视频。打开视频，在舒缓的背景音乐下，烛光燃起，白鸽飞舞，一个面容慈祥，白发苍苍的老教师正在黑板前目光柔软地看着底下的学生。突然，音乐一变，成了尖锐的重金属，老教师也摇身一变，成了一个年轻的男教师。他表情严肃地扫视着讲台下的学生。可当没人注意时，他突然就伸出一个留着指甲的小指，迅速地挖了一下鼻孔。随后，这个老师又背对着学生在黑板上写字，写着写着，他就伸手在屁股上挠了一下，留下一个白点。随后，葛青青让这个老师挠屁股的动作反复出现，最后，那些白点就成了两块大白斑。接下去，这个老师又坐到窗边，镜头推近了，原来他是在拔胡子，拔胡子时，他的脸狰狞痛苦，拔出后，脸上又浮现出夸张的舒畅感。在视频的最后，还出现了一个兔女郎，她举着一块小牌子，扭着屁股绕着圈地走。牌子上写着一个选择题。这位老师到底怎么了？A. 钱丢了。B. 失恋了。C. 尿裤子了。让马义感到吃惊的是，这个帖子很热，已经置顶了，帖子后还跟了数百条的回复。

这些视频都是马义拍的，拍了以后，他就传给了葛青青。他没想到葛青青会将视频处理成这样，他不喜欢，他觉得这样不好，葛青青不应该将这个老师的样子放出来，至少也要打上马赛克。

第二天，马义给葛青青打了个电话，马义说，其实，刘老师人挺不错的。那个视频，我觉得你应该打上马赛克。葛青青对马义的话显得不以为然，打了马赛克还有什么意思。挂了电话，马义回到教室，心里还是觉得不踏实。葛青青让自己拍片，自己是愿意的。但这样处理，会伤害刘老师，不好。

上课铃响过，班主任方老师走进来，宣布了一个通知。方老师说，校庆二十周年马上就要到了，到时，我们班也要贡献一个节目。我想了想，我们就演一个活佛济公的节目。大家都来推荐下，看让哪位同学来演济公比较合适。

这时，便有人喊道，马义。话音一落，教室里便一阵哄笑。马义知道大家为什么笑，他觉得恼怒并且尴尬，真想变个苍蝇飞出去。可方老师似乎察觉不到他的尴尬，他也跟着笑，也是呀，我怎么把这个给忘了，马义同学有生活基础。马义，怎么样，就由你来演吧？回去跟你父亲拿个佛珠，木鱼，再弄套衣服，排练时，可以当道具。

回到家，母亲正在厨房里烧菜。母亲说，你回来了。马义没应声，躲进了自己的房间。母亲也跟了进来，关心道，你怎么了？马义看着天花板，不说话。母亲看了他一眼，没再追问，将门带上，她怕油烟熏进来。

马义现在不喜欢跟母亲说话。原本，母亲一直在村里的一个敬老院里上班。马义到了城里念书，她便跟着来城里，租了房子，专门照顾马义。马义觉得，其实她根本不用这么做，就像她是来看守他的。

其实，马义一点都不喜欢来城里念书，他的成绩并不好，中考的分数根本不够上城里的高中，可父母却一定要让他进城念书。为了进城，他们托了关系，还交了一万元的赞助费。父母总是对马义寄予厚望。马义不喜欢这样，他觉得自己不是块读书的料，可父母却总是一厢情愿地替他做主。马义一点都不喜欢城里，一学年都快过去了，他依旧不能适应这里的生活。在学校里，他也很少说话。他怕羞，他有着浓重的乡下口音，一开口，同学们便会笑他。他学习成绩不好，老师也不喜欢他。每每这时，他便会更加厌恶他的父母，他们根本不理解他受的罪。

马义躺在床上，心里难受得不行。他想起了课堂上的那些笑声，连方老师都在笑。他觉得那时应该把他父亲也拉到班级里来，让他也听听这笑声有多刺耳。

5

黄尹坐在刘枫面前，毫无食欲地挑着盘子里的菜。她还在为那天的事情跟自己怄气。刘枫觉得黄尹有些不讲道理，这事生气的应该是自己。在她父亲面前，自己已经够低声下气了，还要怎样？伏地叩拜吗？但他又不想跟黄尹这样僵下去，他不喜欢黄尹不理睬自己的样子。

跟你说个有趣的事吧。黄尹心不在焉地嗯了一声，继续用筷子挑着盘里的食物。你知道吗？有个学生给我做了个很好玩的视频，放在网上，很多人看，我都出名了。黄尹一愣，什么视频。刘枫就把手机拿出来，将那个视频找给黄尹看。黄尹看完了，盯着刘枫，你觉得这个视频好玩？刘枫说，是呀，怎么了？黄尹鼻孔里哼了一声，将筷子扔在碗上，咣的一声响。

刘枫，我该怎么说你呢？你难道真的看不出来，那个学生在故意丑化你？

刘枫发了会儿愣，没有吧，怎么会呢？

他为什么不拍你那些好的，偏偏拍你这些丑态？

刘枫尴尬地笑笑，嗬，这也不算丑态吧。孩子嘛，闹着玩的。

孩子？刘枫，亏你还是个老师，你到底懂不懂你的那些学生啊？这些十六七岁的学生还算孩子吗？你这是在纵容他们。

刘枫觉得黄尹的火气有点过头，哪有这么严重。

黄尹生了会儿闷气，又说，不行，你得找到这个学生，你要处理他。

没必要吧。怎么没有必要？刘枫，你不能这样。你看看你，你连这样的事情都处理不好，你还怎么处理我们的事情？你想想，如果是别人的男朋友，会忍下这样的事情吗？刘枫，不是我说你，是不是当老师的男人真的特别窝囊啊？

刘枫觉得黄尹的话很刺耳，他努力压着自己的火气。她不应该这样说他。眼前的黄尹有些陌生，现在的她倒真有点像她的父亲了。

第二天一早，黄尹又打来电话，问刘枫有没有去找那个学生，黄尹有些没完没了了。刘枫说，我要上课的。黄尹说，你可以请假，可以跟别人调课。刘枫，你硬气一回，你别让我失望好吗？

搁了电话，刘枫坐在办公桌前发了会儿愣，算了，还是去吧，正好今天也没课。如果不去，黄尹还会这样没完没了下去的。刘枫想了想，想起了一个开电脑维修店的同学，于是，他就匆匆离开学校，去找那个同学。在同学店里，那个上传视频的地址很快便给找了出来。

是隔壁市的一户人家，户主叫葛安林。

葛安林是谁？刘枫觉得这个事情有些蹊跷，这视频分明是班上的学生拍的，可他不记得自己的学生中有来自隔壁市的。看来，他得亲自去一趟，找找这个叫葛安林的人。刘枫去了车站，坐了半个小时的中巴车，又坐了十七分钟的公交，到了一个别墅区。他按照户主登记的门牌号，找到了那户人家。他按了门铃。不多时，便有人来开门，是一个打扮光鲜的中年妇女，她疑惑地看着刘枫。

这是葛安林家吗？

你是谁，你找他干吗？

我先自我介绍一下，我姓刘，是同知中学的一名老师。前阵子，你家里有人在网上发了一个跟我有关的视频。

听完刘枫的话，女人显得有些慌张，哦，刘老师呀，有什么事先进来说吧。

看着女人的神情，刘枫猜想她一定是知道情况的。

女人将刘枫迎到屋里，刘老师，你会不会是弄错了？葛安林已经不在这里住了，我又不懂电脑，怎么可能将什么视频传到网上去呢？

不会弄错的，你放心。

是吗？那可真奇怪。

你有孩子吗？女人一愣，没接话。刘枫明白了。

这个视频是我班里的学生拍的。我想，你的孩子肯定认识我的学生。我希望你能坦诚告诉我，如果你包庇，反而会伤害孩子。

女人想了想，她没在家，上学去了。

那好，那我就在这儿等她。

女人迟疑了一下，刘老师，这个事情真的很抱歉。我们家里情况有些特殊，没管好孩子，给你带来这么大的麻烦。不过，事情既然发生了，我们还是得想个解决的办法。你看这样行不行，有什么要求你尽管说。比如精神损失费什么的。

刘枫有些不高兴，我是一个老师，我不是来敲诈勒索的。

女人被刘枫戗了几句，有些尴尬。她掏出一支纤细的香烟，抽了几口。

刘枫坐了一会儿便坐不住了，总不能就这样一直等下去吧？

我今天来这里，就是想见见这个上传视频的人，我要他告诉我，这个视频是谁拍的。剩下的事，我就不追究了，毕竟视频不是他拍的。

女人想了想，将烟掐了。拿出手机，发了个短信。

你再等等吧，我给她发信息了。

就这样，刘枫坐在别墅里，一直等到了中午。他听见有人开门进来，扭头一看，是个女孩子，长得很秀气，衣服却刺眼，上面全是骷髅头。刘枫皱了皱眉头。

女孩儿看见刘枫的时候，微微有些慌张，她显然认出了他是谁。但她很快便将头转向了她的母亲。

你不是说爸爸回来了吗？

青青，这位是刘老师。我问你，你是不是把刘老师的什么视频给传到网上去了？

什么视频，我听不懂。

哎哟，人家都查出来了，你就说实话吧，又不是什么大事情，刘老师，你说是吧？

刘枫友善地笑了笑，你把事情讲清楚就行，我说过我不会再追究你，我说话算话。

什么追究不追究的，我都听不懂你们在讲什么。好了，我要回学校上课了。

这孩子，刘枫有些不高兴，那我跟你回学校，我找你们学校领导去。

葛青青冲着刘枫示威地扬了扬眉毛，行啊，你那么闲就跟去好了。

女人赶紧插话，青青，你不要任性。

女孩儿白了她母亲一眼，你少管我，不关你的事。

听了女孩儿的话，她的母亲气呼呼地一屁股坐在沙发上，去吧去吧，我不管了，你找你爹来擦屁股吧。

女孩儿没理她的母亲，走了出去，刘枫就跟着她，出了别墅区。刚出小区门口，女孩儿又转弯绕进了旁边的一个公园。女孩儿在公园的小卖部里买了瓶饮料，坐在旁边的石凳上悠闲地喝起来。刘枫有些尴尬，站在一旁，点了支烟，等着她。喝完饮料，女孩儿走出了公园，拦了一辆出租车。扭头看刘枫，来吧，你不是要跟我去学校吗？刘枫一愣，跟着女孩儿上了出租车。车上，女孩儿不再搭理刘枫，拿出个耳机塞在耳朵上，摇头晃脑的。刘枫忽然有些后悔，她是小孩儿，自己是大人，难道自己真要跟她计较，跟去她学校？

下了车，女孩儿便往学校里走，刘枫硬着头皮跟在她身后。这感觉很奇怪，就像他才是犯错的学生。女孩儿一路将刘枫带到了校长室。

喏，这就是我们的校长室，你进去吧。

刘枫有些迟疑，他在犹豫该不该继续下去，事情似乎有些小题大做了。女孩儿看着刘枫，脸上露出一丝不屑的笑容。她伸手，用力敲了敲校长室的门。刘枫一愣，随后听见里面传出一个声音，请进。没办法，刘枫只能和女孩儿一起走了进去。

校长是个胖子，秃头。看着刘枫和女孩儿，他有些意外。

你们是？

刘枫刚想说话，女孩儿倒先说了，我是高二六班的葛青青，这个是同知中学的刘老师。他有事要找你。

校长便起身跟刘枫握手，刘老师找我有事？

刘枫没有办法了，只能将事情简要地复述了一遍。说话的时候，葛青青就看着他，她的脸上挂着一丝怪异的笑容，这让他感到有些心虚。听完了，秃头的校长非常不高兴，他用手指气愤地指了指葛青青，你看看你这个学生，穿得像个什么样子？马上给你家长打电话，让他们过来。

葛青青说，不用打，我家里没人。

家里没人？那你打他们手机。

我不知道他们手机号码。

你，校长气急败坏了，行啊，你不叫家长来，那你也不用来上学了。

行，不上就不上好了。

葛青青满不在乎地从校长室走了出去。这下，刘枫倒觉得自己有些过意不去，赶紧打圆场，算了算了，毕竟还是孩子。

校长见刘枫站出来，更不高兴了，刘老师，事情可是出在你身上，你不能心软哪。

刘枫一愣，一时间他似乎变成了一个尴尬的角色。

回去的路上，刘枫的感觉很差。他觉得自己有些莫名其妙，居然真会为黄尹的一句话跑到那个学校去。有什么意思呢，这样对待一个学生？他想起了葛青青看他的眼神，那眼神让他感到难过，他知道，在她眼里，自己不是一个老师，而是一个仇敌。他在心里叹口气。才十几岁的女孩子，穿的衣服居然能看见乳沟，真不知道她的脑子里都装着什么。

6

葛青青下了床，偷偷去李爱芬的房间看。门开着，没有人，她已经出去了。她回到房间，将窗子打开，她从床底下找出一包七星烟，点了一支抽。

现在，家里就剩下她一个人了。李爱芬不是去了公司，就是去什么名剪找那个阿凯去了。她总是那里最早的一名顾客。她脱掉外套，躺在二楼的贵宾厅，阿凯就嗲声嗲气地为她洗头、按摩。葛青青见过阿凯，有一次，李爱芬以为她不在家，将阿凯带了回来。阿凯长得有些媚，顶着一头蓬松的褐色头发，嘴唇很红，眼角微微上扬。那天，他穿一件修身白衬衫，配一条浅棕色的紧身裤。看见葛青青，便笑眯眯地说你好。李爱芬有些慌乱，遮遮掩掩地说这是她公司的员工，帮她来家里找资料。葛青青觉得李爱芬有些可笑，她还真把自己当小孩儿了。

从今天开始，葛青青要在家里待一个礼拜。李爱芬给那个校长送了五条软中华。校长拿了烟，也表明了自己的态度，毕竟是个孩子，犯了错也难免的。但这件事，影响有些大，主要是对方老师找上门来，也不能就这么算了，这样，让青青在家里待一个礼拜，算是反省。一个礼拜后，再回来上课。

李爱芬说，校长这个人其实还是蛮讲道理的。

葛青青在心里笑，她想起了校长那天在办公室里气得满头青筋的样子。当时，她应该拿手机把他拍下来。

抽完烟，葛青青坐着发了会儿呆。好无聊哇。她拿出手机，给马义发了个信息。问他在干吗？马义没回，过了好一会儿，发回来，说刚下课。葛青青便打马义电话，说我过来找你，中午一起吃饭。葛青青换了件衣服，坐车去了马义那里。

中午，两个人就在必胜客吃比萨。

马义说，你不用上课吗？

葛青青说，学校让我回家反省一个礼拜。

马义有些惊愕，为什么呀？

葛青青说，都是你那个恶心的老师。拍了他一个视频，到我家找我妈不算，还跑到学校里找我们校长。

马义紧张了起来，他来找你了呀？没事吧？

有个屁事，那个校长一开始嚷嚷着要开除我。后来，我妈送了他几条香烟，就摆平了。

马义松了口气，咬下一大口比萨。

从必胜客出来，葛青青让马义带她去哪里玩玩。马义想了想，带她去了锦绣广场的那个游乐场。两个人买了游戏币，玩了会儿游戏。随后，又去溜冰池里溜冰。溜冰的时候，葛青青就拿出手机，一边滑翔，一边拿手机拍前面的人。看着那些五彩缤纷的人物从面前闪过，她觉得这个镜头很漂亮。

从溜冰场出来，两个人又找了家冷饮店喝饮料。马义看了看手机，说我要回去上课了。葛青青说，那我也跟你去。马义说，你去做什么？葛青青说，我去你学校附近转转，还有这么多游戏币，等你放学了，我们再来玩。马义便点头。

快到学校的时候，葛青青说，我在这旁边找个网吧上会儿网。放学后，我在学校门口等你。马义说好的。葛青青买了堆零食，找了个网吧坐下。她看了部电影，又看了会儿网络小说。看着看着，打起瞌睡来。好容易混到五点，她便离开网吧，她得去学校门口等马义。

走到半路，葛青青看见迎面来了一个人，竟是那个刘老师。她一惊，赶紧往一旁躲闪。他没发现她。他一边走，一边皱着眉头在打电话。葛青青心里一动，跟在了他的身后。刘枫转过一个路口，又继续往前走。最后，他走到了一家饭店门口，选了个靠窗的位置坐。葛青青跟着进了对面的一家冷饮店，要了杯饮料，坐在窗边看他。又过了一会儿，来了一个女人，她走进饭店，坐在了刘枫的对面。他们看上去很熟稔，葛青青猜想，她可能是他的女朋友。

坐下没一会儿，马义的电话打来了，问她在哪里。葛青青说自己回家了，下次再来找马义。说完，她将手机调整成了飞行模式。她拿着手机开始拍刘枫和他对面的那个女人。

女人似乎吃得很少，老半天才用筷子往嘴里送点东西。葛青青不喜欢这个女人，她觉得她装模作样扮淑女。刘枫倒是吃得很快，一大口一大口的。哼，他的胃口肯定很好，他跑到自己家里，又跑到自己学校，告了自己的黑状，出了一口恶气，这胃口能不好吗？葛青青觉得，他就是拿自己这件事来下饭的。

吃完了，刘枫就坐在那里抽烟。他对面的女人拿起手机接电话。放下电话，她跟刘枫说着什么，紧接着，两个人便起身，从饭店门口走了出来。他们在饭店门口分了手，葛青青迟疑了一下，继续跟着刘枫。

最后，刘枫走进了一条老巷弄里面，这里全是老房子，黑乎乎的，有股难闻的味道。是那种拆迁的房子，葛青青想，这个老师肯定也是个穷鬼。刘枫进了一个院子，葛青青没跟进去，她站在外面，看见靠着路的那个房间的灯亮了。她在房间对面的那个石板条子上坐了下来。走了一路，有些累了。她有些迷糊，不知道自己为什么要跟到这里来。做什么呢？她用双手抱住自己的膝盖，蜷着身体，想了一会儿，没想明白。觉得没意思，便想起身回家去。正在这时，刘枫突然从院子里走了出来。葛青青发现他的时候，已经来不及躲闪了。

刘枫走到葛青青身前，满脸的困惑，你怎么会在这里？

葛青青用力捏着口袋里的手机，嘴里突然吐出一句，我被开除了。

开除了？怎么可能，怎么会那么严重？

你那天不是去我学校了吗？校长亲口说的。

刘枫有些尴尬，我以为他就说说的。

你肯定巴不得我被开除吧？

怎么会呀。

那行，那你帮我跟校长去说，让他别开除我。

刘枫有些为难，我会说的，可现在我也没他的电话，我明天去说行吗？

葛青青撇了撇嘴，没说话。

对了，你怎么跑这里来了？晚上不用回家吗？

葛青青说，我不想回去。我告诉你，我妈带了个小白脸回来，我怕这个小白脸偷看我洗澡，我就不敢回去。葛青青说这些的时候，心里忍不住想笑。

刘枫愣住了，那你怎么办？晚上住哪里，旅馆吗？

我不知道呢，我没有带身份证。

刘枫想了想，要不，用我的身份证帮你去开一个吧。

葛青青摇了摇头，不用了，我这么一个女学生，怎么好住宾馆？老师，如果你真想帮我，能不能让我在你这里待一晚？就一晚，明天一早我就走。

刘枫愣住了，这个要求显然是让他为难。毕竟是个女孩儿，要是被别人看见，怎么说得清？葛青青似乎看穿了刘枫的心思，她就那样可怜兮兮地看着刘枫，她知道他在犹豫，她一定要让他心软，留下自己。刘枫想了一会儿，终于还是点了点头。

刘枫将葛青青领进了房间。他将房间稍稍收拾了一下，跟葛青青说，你晚上就住这里吧，我出去住。葛青青看着刘枫走出去，穿过房前的巷弄，她忍不住笑。今天的事情的确太有戏剧性了，她竟然能将这个刘老师赶出自己的房间。

葛青青四下里看了看，房间很小，一张床，一张写字台，旁边还有个小卫生间，一看就是老房子改造了出租的。她拿出手机对着自己，在房间里自拍起来。拍了一阵，葛青青看见刘枫的手机竟放在桌上，他走得急，忘了带了。葛青青将手机拿起来翻看一阵，看到他和女朋友的短信。她发现他们似乎最近关系不大好，好像是因为女方的父亲不喜欢刘枫。她脑子里便浮出了那个吃饭的女人，吃饭时，她老往自己这边看，就像感觉到什么一样。葛青青不喜欢她看自己。她挺讨厌这个女人的。觉得他活该。葛青青想了想，将自己的号码存在了手机上，并留了葛青青的名字。

一晚，葛青青几乎没有睡觉，她的心里一直觉着兴奋，睡不着。刘枫的床也不舒服，是棕绷床，硬硬的。她躺了一会儿，看见床边的床头柜上有香烟，便起身抽烟。天还没亮，她就离开了刘枫的家。

回到家时，李爱芬堵在门口，怒气冲冲的，你昨晚去哪里了，为什么把手机关了？我在网吧上网。上网，上你个鬼呀，家里没电脑哇？葛青青，你就是你爸的种，他野，你也跟着野。

李爱芬发着火，葛青青却将手机打开，对着李爱芬拍，李爱芬又气又急，要抢她手机。她躲闪几下，拿着手机跑回了自己的房间，她锁了门，躲在门后，忍不住哈哈大笑起来。

7

一整晚，刘枫都没睡踏实。他的睡眠原本就不好。在浴室的休息区里，有人说话，有人打呼噜，还有人走进走出，都让他没法睡觉。半夜里，好容易眯了一会儿，又有人吃方便面，空气里弥漫着方便面的味道，如同毒雾。他拿出手表看时间，觉得时间过得好慢。他期盼着天亮。好容易挨到六点，他迅速地离开休息区，到楼下冲了个澡，离开浴室。在路上，他买了早点，拿到卧室的时候，发现葛青青已经走了。他有些纳闷，这个孩子。

上午上了一节课，刘枫想起了葛青青跟他说的话，便查来那个校长的电话，打过去。在电话里，他为葛青青说了好话，说毕竟还是个孩子，不要太严厉了。校长答复道，这个事，我们已经做了处理，让她回去反省一个礼拜。搁下电话，刘枫想了想，葛青青可能误会了校长的意思，他并没有开除她的意思，他只是吓吓她。这也是学校惯用的招数。

反正没开除就好。对这些孩子，适当的惩罚也是需要的。

刘枫坐在办公室里，忽然手机响了。他拿起来看，一愣，竟然是葛青青。他想不起来自己什么时候存过她的号码。刘枫接了电话，告诉葛青青，校长不是开除她，是想让她反省一个礼拜。一个礼拜后，就没事了。刘枫说了一阵，电话那头毫无声响。刘枫不确定对面发生了什么事情，你在听吗？

刘老师，我喜欢你。

刘枫觉得耳朵边有个炸弹炸开了，轰的一声。他迅速按掉了电话。他发了会儿愣，他疑心自己的耳朵出了毛病。随后，他感觉极度的后悔，他意识到自己犯了一个非常大的错误。一个女学生，就那样莫名其妙地在自己房间待了一个晚上，这样的事情意味着什么，他很清楚。

刘枫想起了昨晚的那个场景。她就坐在路对面，透过窗户可以看见她抱着膝盖，蜷着身体。在暖色调的路灯下，她的身上散发出一股新鲜却又绝望的气息。他同意她住在自己的房间里，他似乎有着冠冕堂皇的理由，一个孩子，一个学生，在这个陌生的地方，他一个当老师的，不能这样任由她坐在路边。可她为什么要说喜欢他？就因为他收留了她？

一早上，刘枫都觉得心不在焉。他感觉到手机一直在裤兜里振动，趁着学生不注意，他偷偷地拿出来看了一眼，都是葛青青的短信。葛青青在短信里说，我想你了。刘枫感觉自己像坐到了火山口上。

他没回短信，继续上课。手机不断地在他的裤兜里振动，他有些心烦意乱，那个振动，让他觉得有什么东西在他心头撩拨。她到底想干吗？他觉得烦躁，索性将手机关了。

晚上，他躺在寝室里，听见有人敲门。一瞬间，他就想到了葛青青。她又来了？

打开门，却是黄尹。黄尹一脸疑惑，你怎么将手机关了？刘枫扯了个谎，可能是没电了吧。黄尹坐到床边，我们的事你到底怎么打算哪？继续跟我爸爸对着干吗？刘枫点了支香烟抽，他皱着眉头，不知道该怎么说。黄尹一直劝他再去她家一趟，可他不愿意。他几乎都能猜出，黄尹的父亲会给他看怎样的脸色，说怎样的话。

黄尹看着他，似乎想再说些什么，但动了动嘴，又没说出来。她拿起手机，在那里顾自玩着。刘枫抽着烟，觉得眼前的这个场景有些怪异。以前，他们见面是多么的热烈，两个身体就像粘上了最好的胶水，分也分不开。现在，他们却如同磁铁的两极。他不确定，这个变化的原因是不是全在黄尹的父亲那里。他觉得两个人时间久了，很多东西似乎就变了。但他不知道，这个变的东西是什么。

黄尹玩了会儿手机，突然停了下来，眼睛盯在床上。他不知道她看什么，黄尹伸出手在床上摸了几下，最后，竟拈起了一根长发，她用手指将这根长发拈住，拉直了，认真地看着。刘枫紧张起来，他知道这是葛青青的头发。他在脑中迅速寻找合适的理由，以应对黄尹狂风暴雨的责问。可出人意料的是，黄尹最后却是沉默不语。她随手拿起了他放在烟盒上的打火机，将长发烧了。随后，她看着刘枫，露出了一个莫名其妙的笑容，起身走了。

8

马义坐在操场边，拿着手机无聊地拍着球场上的人。每天，他都会拍一点视频，这是葛青青要求的。葛青青已经好几天没联系他了，不知道她在忙什么。不过，他不会主动联系她。他似乎更乐于得到葛青青的指示。

拍摄的焦点很快便对准了球场上的一个胖子。他看起来营养过剩，体型跟地上滚的那个球也差不了多少。对于足球，他显然不在行，动作慢而笨拙。马义的脑子里闪了一下，觉得他的动作有点像电视里的那个憨豆先生。

拍着拍着，突然马义觉着眼前有什么东西一晃，他下意识地往旁边一闪，看见足球便从他脑袋旁掠了过去。随后，他便看见那个胖子朝他走了过来。他显得怒气冲冲。马义迅速将手机藏进口袋。扭头看着别处。

你为什么偷拍我?

马义没有理睬他，盘腿坐在地上，伸手拔地上的草。他的态度显然引起了胖子的不满，伸手便要抢手机。马义用手死死护住口袋，两个人便缠打在了一起。打了一阵，体育老师发现了，跑过来将两人拉开。体育老师责骂了几句，让两个人在操场边罚站。马义捏着一棵青草，反复地在自己手指上缠绕。那个胖子站在旁边，恶狠狠地瞪他。

晚上，晚自习结束，马义独自回家。走到半路，有个人在他身后，拍了拍他的肩膀，你是马义吗?马义扭过头，发现自己并不认识这个人。他困惑地点了点头。

那个人就搂住了他的肩膀，我有个朋友想见见你，走吧。马义感觉有些不对，不肯走，那个人就将胳膊卡在他的脖子上，用力往前一架，马义一个踉跄。

就这样，那个人架着马义进了一个黑乎乎的弄堂。借着昏黄的路灯，马义看见巷弄里站着白天和他打架的胖子。胖子依然还是怒气冲冲，冲上来就给了马义一个耳光，马义的耳朵一阵嗡嗡响。他想还手，另外那个人就从身后将他抱住。胖子又伸手打了他一个耳光，马义觉得有星星在他眼前转动起来。

我认识你，你叫马义。你爸爸是个和尚，你妈妈是个尼姑。

我妈不是尼姑！马义用力喊。胖子得意地笑，你妈就是尼姑。马义很愤怒，又用力挣扎几下，依然挣扎不开。他便用眼睛瞪着胖子，似乎那眼睛里能飞出刀子，射出子弹。

还不服？胖子一腿蹬在了马义的肚子上，马义的身体就像伞一样收缩起来，他感到胃部一阵痉挛，他弯下腰用力干呕。这时，巷弄口一阵车灯闪动，似乎还有人走进来。胖子扭头看了看，又用力拍了一下马义的脑袋，以后给我小心点。说完，便和另外一个人匆匆走掉了。

马义回到家，妈妈便给他做了碗核桃蛋汤。她每天都给他做核桃蛋汤，说核桃补脑。马义低头吃，吃了几口，觉得喉咙口有什么东西在用力往上涌。他弯下腰，将吃进去的蛋汤全部吐在了地上。妈妈有些着急，说你怎么了？马义弯着腰，忽然觉得想流眼泪。但他没有，忍住了。他说，我不想吃了。马义回了房间，将门反锁。他在抽屉里寻找一阵，翻出了一个老虎钳，他将它藏在了书包里。

第二天一早，马义去学校上课。到学校门口时，他看见了那个胖子，他正和几个同学在学校门口吃早点。马义偷偷地将老虎钳从书包里取出，用手遮挡着，塞进裤袋。他紧紧攥着老虎钳，手心里的汗泉水一样地涌。

马义走到胖子面前，盯着他看。胖子看见是马义，脸上流露出一丝不屑的神情。

细佬，你看着我干吗，还想吃耳光吗？

马义说，我是来向你道歉的。说完，他就弯腰深深鞠了一躬。起身时，他将老虎钳从裤袋里抽出，用力砸向胖子的前额。胖子慌忙地躲闪，但额前还是被钳子刮到，血从皮肤下流出，在他脸上淌了一条粗线。

马义转身就跑，他听见耳边的风呼呼地响。他跑过学校前的那条路，转进一个又一个巷弄，直到胸口疼得不行，气也喘不上来，这才停下了脚步。马义用手支着膝盖，弯下腰，一个劲地干呕。长长的涎水从嘴角挂出来，亮晶晶的。

缓匀了气息，马义发了会儿愣，便从口袋里掏出手机，给葛青青打电话。

我打人了。

哦，那你来我这里吧，我到车站接你。

马义应了，便往汽车站方向走。坐在车上，他的心还是慌得不行，他偷偷地打量着身旁的人，似乎他是一名潜逃的罪犯，生怕身旁有人会注意到自己。

车子开动了，摇摇晃晃的，马义紧绷的神情才稍稍松弛了一点。他靠在椅背上，觉得乏累，便打了个瞌睡。他似乎还做了个梦，但他忘记做了什么，睁开眼时，就看见了葛青青。她站在站台上等他。

马义下了车，站在葛青青面前，想说些什么，可一开口，喉咙口却是一阵硬，几乎哽咽。葛青青笑着拍了拍马义的肩膀，没事，有我呢。

葛青青带着马义去吃饭。吃完了饭，她问马义想去哪里玩。马义说自己不想玩，想睡觉。葛青青就带着他去了宾馆，开了一个房间。马义发现，葛青青竟有一张假身份证，写着另一个名字。

马义躺在床上，葛青青就坐在一旁的沙发上。马义惊奇地看着她拿出一支香烟，点了起来。葛青青说，你抽吗？马义摇了摇头。

马义很快就睡着了。醒来时，他发现葛青青也在沙发上睡着了。房间里拉上了窗帘，一些光从窗帘间隔泄露进来，黄斑一样。空气里有淡淡的烟味。马义忽然觉得有些孤独，他想家了，现在，母亲应该做好饭等着他回去了。

葛青青也醒了。

走，我带你吃晚饭去。马义应了，他起身，跟着葛青青走。走到外面，路灯已经亮起来了。葛青青带着马义去了一家饭店，熟门熟路地点了一桌菜。可马义却觉得没什么胃口，他盯着玻璃窗，看外面走来走去的人。

葛青青说，你为什么不吃呀？

马义心里一阵难过，忽然就趴在桌子上哭了起来。

葛青青有些奇怪，说你怎么了？

马义呜咽着说，我妈妈在家，现在肯定很担心我。

葛青青愣了一会儿，说，行了，吃完饭，你回去吧。

9

回到家的时候，已经是十一点多了。推开门，马义便看见了马平安，他坐在那里，光头在灯光下泛着青光，就像一个布满了青苔的玻璃球。他原本是个头发特别茂盛的人，可他却把自己弄得像个怪物。

马义记不清自己已经有多久没有见过马平安了，自从他当了和尚，就很少回家。马平安见了马义，站起身来，他神情殷切，似乎想跟马义说些什么。但马义故意装作没看见。他不想理他，心底里，他希望他一直不回来，他的存在让他感到羞耻。

躺在熟悉的床上，马义始终没能很好地入睡，这次不成功的出走，让他的脑子变得兴奋而又混乱。直到第二天天快亮时，他才有了睡意。可没睡了多久，又被敲门声给惊醒了。马义不情愿地起床开门，是马平安，他看着他，脸上堆满着讨好的笑容。

马义呀，事情都发生了，你就不要有什么负担。我跟对方家长接触过了，虽然人家是个副局长，却特别通情达理。最后我们出了医药费，他们也就不追究了。但不管怎样，这个事你是错了。早上去学校，你先给老师去认个错，态度端正些，好不好？

马义没理睬他。他觉得自己有些奇怪，离开家时，特别想他们，可一回到家里，连半句话都不愿意说。他穿好衣服，没吃早饭，出门去了学校。到了班里，似乎一切如常，并没人特别关注他，他松了口气，坐到自己位置上，开始早读。

过了一会儿，班主任方老师从外面走了进来。他走到马义前面，伸手指了一下，马义，你跟我出来一下。马义心里一紧，起身跟着方老师往外面走。方老师一句话都不说，只是背着手在前面走。马义心里有些忐忑，不知道他要带他去哪里。

最后，方老师将马义带进了校长室。马义看见校长正坐在办公桌后看报纸，他从眼镜后面用眼白看了看马义。

就是这个学生？

方老师说，对的。

校长又用眼白打量了马义一番，然后重新拿起报纸。

你让他回去吧。

方老师有些疑惑，回哪里？

让他回家吧，不用上学了，我们学校容不下这样的学生。

马义有些难过，校长的意思已经再明白不过了，他被开除了。

回到家里，马平安似乎正要出门。他总是在家里待不久，他惦记着山上的那个庙。

看见马义进来，马平安很吃惊，你怎么这么早回来了？

马义低声说，我被学校开除了。

开除了？怎么会呢，我都跟对方家长说好不追究了，学校怎么还要开除你呢？

马义摇了摇头，我不知道，是校长说的。

校长说的？校长就可以开除你？不行，我陪你回去，我要去跟他们讲道理。

马义说，我不想去，都开除了，还去干吗？

马义要往房间里走，这时，他的母亲便堵在了他的身前，马义呀，你就跟你爸爸去一趟吧，这要真被开除了，可怎么得了哇？母亲说着说着，竟然抽泣了起来。马义对母亲的哭泣觉得厌烦，但他又硬不下心再说拒绝的话。

就这样，马义又极不情愿地跟着马平安回到学校。马平安去找方老师。方老师在上课，马平安便在窗外叫他。马平安一叫，同学们都顺声扭过头来看，那些眼神落在马义身上，火辣辣的。马义用力低下头，他觉得心里一阵阵的羞愧，恨不得地上能有条缝儿。他们背地里都叫他和尚，现在好了，真正的和尚站在他们面前了。

马平安讨好地看着方老师从教室里走出来。

方老师，你好。你看这个事对方都不追究了，学校为什么还要开除我们马义呀？

方老师说，这不是我的决定，是学校里的意思。

我知道我知道，你帮帮忙。我们马义平时在家总说方老师的好，你帮帮忙。

方老师似乎也没办法，只能带着马平安和马义去了校长办公室。校长正在办公室里打电话，看见马义和方老师走进来，显得不大高兴。

方老师，你还带他来做什么？

这时，马平安赶紧站出来，校长你好，我是马义的爸爸，我叫马平安。

校长瞥了他一眼，你找我没用，你儿子我们肯定是要开除的。我告诉你，我们是重点中学，来这里的都是全市成绩最好、素质最高的学生。我们不能让一粒老鼠屎害了整锅汤。

马平安一愣，校长怎么能这么说呢，马义怎么会是老鼠屎呢？

我不是说你儿子是老鼠屎，我只是打个比方。

马平安想了想，校长啊，我是这么想的。不管怎么样，马义毕竟还是个孩子。一个孩子嘛，犯点错，总是难免的。一个人一辈子怎么可能没犯过错呢？佛家讲慈悲为怀，普度众生。我觉得校长您干的也是这么个普度众生的工作，既然干的是这样一份工作，也应该对学生多怀有一份慈悲心，你说对不对？

听了马平安的话，校长就更不高兴了，他扬了扬手臂，行了行了，这里是学校，你不要在这里搞那一套。

马平安还想跟校长说些什么，马义却一刻也待不下去了，他扭身出了校长室。他觉得马平安就像个小丑，他很后悔跟着他回这里来。

很快，马平安也跟着跑了出来。马义，马平安在身后叫他。你怎么走了？我跟校长正谈得好好的，你怎么能走呢？

马义冷冷地说，我不想念书了。

不念书了？不念书怎么行。马义呀，你可不能灰心。你知道张良吧，小时候，我不是经常给你讲张良的故事吗？张良就是因为没放弃，才成就了人事。你知道那个校长为什么不让你回去上课吗？他这是在用拖刀计。他知道他不能就这样把你开除出学校，但他偏偏要再用这么一计，你知道为什么吗？你想啊，校长是什么人，那也是有头有脸的人，他也要一个台阶下，对不对？

马平安拍了拍马义的肩膀，好了，放心吧，有我呢，这个事包在我身上。

马义心里一阵冷笑，马平安在说大话，校长不可能让他回去念书，或者说，他根本就没把马平安和自己放在眼里。

下午，马平安就回了寺庙。虽然他跟马义打了包票，但他心里明白，马义已经不可能回到那个学校了。那个校长，身上有股邪气。带马义回家的路上，他就想到了另一所学校的那个冯校长，冯校长跟寺里的住持关系不错，经常会来寺里喝茶。他喜欢喝红茶，喝茶时总发出响亮的咂嘴的声音。他想让住持跟冯校长联系联系，把马义转到那个学校去。住持听了马平安的来意，立即给冯校长打电话。冯校长在电话那头说，那我想想办法。住持说，不是想办法，是要帮忙，还是个孩子，你一定要帮帮他。冯校长就说，好吧，你让他第二天来我学校吧。

马平安很高兴，又感谢了住持一番。回到家里，天已经黑了，马义早就睡了。妻子问他怎么样。他说对方答应了，没问题的。

第二天，马平安便去了冯校长的学校。冯校长什么也没说，当着他的面，打了一个电话。他按了免提键，让马平安一起听。听了一会儿，他听出来，对面便是要开除马义的那个校长。校长在电话那头显得十分霸道，他跟冯校长说，你们不能收这样的学生，我们开除的学生，你给收了，那我们还怎么管学生？你不能收，如果你收了，我就和你去教育局讲理去。

搁下电话，冯校长冲着马平安无奈地摊了摊手，说，情况你也看见了，这个我也真是没办法了。

10

走过篮球场时，刘枫忽然停住了身子。他就将目光落在了球场的看台上。看台上坐着一个女生。葛青青？他有些恍惚起来，她怎么会在这里？他不由得又走近一些，端详一阵，苦笑起来。他觉得自己有些傻，怎么可能是她？

刘枫站在那里发愣，没留意球场上的一个男生朝他走了过来。他将篮球递给他，老师，一起打球吧。他一愣，发现那学生的眼神看上去竟有一丝挑衅。什么意思？这时，他看见那女生冲着那个男生笑，他顿时明白了。他犹豫了一下，将篮球接了过来。

因为多了个人，场上打球的人又重新分了队。刘枫并不擅长运动，从小，他的父亲便不让他玩这些，他说这都是玩物丧志。不知道为什么，那个招呼他打球的男生似乎专门针对他，每次球到刘枫手中，他总会第一个冲上来。他的手上像是安装了什么吸盘，随便一拨，便将他手中的篮球抢过去。每每这时，男生总会带着一丝怪异的笑容，斜着眼从他身上扫过，然后又落到看台上的那个女生身上。此时，看台上的那个女生便会欢呼雀跃起来。

刘枫明白，这个男学生是为那个女生跟自己示威。他为什么要这样，就因为自己多看了她几眼？要知道，自己是老师，他是学生，他怎么能这样做？

刘枫感到血在身体里沸腾，一股羞耻、自卑、愤怒的情绪涌上了他的大脑。他伸手叫停了比赛。他径直走到那个男生面前，指着他，你跟我去办公室。那个男生有些莫名其妙，为什么？他没回答，用力将他推了个踉跄。

刘枫将这个男生带回办公室，让他靠墙站立。

你是不是跟那个女生早恋了？

老师，你不能这么冤枉人吧。

冤枉你？你没早恋，为什么那个女学生专门为你鼓掌，你给我说清楚。

男学生斜了刘枫一眼，将头别过去，做出一副不予理睬的样子。刘枫将桌上的杯子用力敲了一下，你不用跟我耍威风，今天不给我说清楚，你就别想回去。

说完，刘枫就走出了办公室。他在走廊上吹了会儿风，脑子似乎稍稍清醒了一下。他扭头看了看办公室里的那个学生，他忽然有些后悔，自己不应该跟一个学生这样治气。唉，最近也不知道怎么了，总是说不出的烦躁。他原本不是这样的人。可能是睡眠的缘故，最近，他总是睡不好，每天都觉得疲倦，但就是睡不着。原先，他一直吃药，但和黄尹一起后，他就不再吃了，他怕黄尹发现。之前，断了药，倒也没有什么反应。可最近，睡眠越来越差，情绪也越来越糟糕。他不确定自己的这些反应是不是和断药有关。

虽然心里有些后悔，但刘枫并不想跟那个学生低头，他厌恶那学生挑衅的神情。他漫无目的地在走廊上走，经过教室的时候，他竟看见那个叫马义的学生。他孤独地坐在教室里，显得特别瘦小。

他知道这个孩子，自己的视频就是他拍的。有一次，学生们去做课间操，他突然就有了个念头，他想知道自己的视频是谁拍的。虽然，他不想再追究这个事，但他想知道这个人是谁，他觉得好奇。于是，他就来到教室，拿着手机，一边看着屏幕，一边不停地换着座位。最后，终于换到那个叫马义的学生的位置，他确认了，这就是那个拍视频的孩子。

从那时起，他就时常有意去观察这个叫马义的学生。他发现，他很少同别人讲话，似乎有意将自己和别的同学区分开来。他内向、害羞，甚至，还有些自卑，上课时，从来不主动回答问题，微微缩着身体，似乎生怕老师注意到他。后来，他了解到他是个乡下来的孩子，是花了赞助费才到这个学校来的。而且，他的父亲竟然还是个和尚。那是他的班主任方老师告诉他的。方老师说，班里有个孩子的父亲是和尚，他们班级文艺活动表演，他灵机一动，正好让这个学生子承父业演济公。方老师说这话的时候，充满了调侃的味道。刘枫很讨厌这样的语气。他能体会到一个从乡下来的孩子所遭遇的那种困境。他也是从乡下来的。

刘枫走进教室，看见马义正在收拾东西。他听说过他砸人的事情，但这个事不能只怪他，那个孩子也有错。可最后，学校却开除了马义。他知道另一个学生的父亲，好像是一个什么单位的副局长。他不知道这个事跟对方家长的职位有没有关系，他觉得这样不公平。

看见了刘枫，他似乎有些慌张，但他很快便又平静，叫了声刘老师，继续低头收拾东西。

马义，接下去有什么打算？

马义没抬头，我爸爸说让我先回家待几天，然后去别的学校念。

收拾好了，马义便要走了。走到刘枫身旁时，他突然朝着刘枫鞠了一躬，对不起。说完，他就匆匆离开了教室。刘枫有些发蒙，但他很快便明白了马义这个举动的含义。他走出教室，趴在栏杆上，看着马义从楼梯口跑出，然后一直往前跑，越来越远，越来越小。看着马义瘦弱的身影终于消失不见，刘枫突然心里很难过。

回到办公室时，方老师已经回来了，他看见办公室站着个学生，问刘枫怎么回事，刘枫说没什么，挥了挥手，让那个学生回去了。

对了，那个孩子，真开除了？

方老师一愣，但他很快便回过神来，哦，那个学生啊，对，开除了。

刘枫说，为什么非要开除呢？

方老师向外国人一样耸了耸肩膀，说，这得问金校长去。

刘枫坐在椅子上，自言自语，毕竟是个孩子，这样将他换到别的学校去，影响太大了。

听了这话，方老师扑哧一下笑了，别的学校？他能去什么学校？

刘枫一愣，什么意思？

方老师朝门外看看，低声说，我们那个老金，是出了名的难缠。他去教育局打过招呼了，说他开除的学生，哪个学校都不能收。

刘枫有些发愣，怎么能这样？不让他念书，不就把他给毁了吗？

方老师有些不以为然，没那么严重，也许早点进社会，反而能混出个样来。你看那些老板，念过多少书？再说了，这学生每年一波又一波，赶潮一样，开除这么一个，算什么呀？

听了这话，刘枫认真了起来，方老师，我不能同意你的观点。这不是人多人少的问题，一个学生就不是学生了吗？

方老师有些不高兴，他嘴角划过了一丝让人很不舒服的笑容，又不是我开除的，这些话，你找老金说去。

刘枫知道方老师的话是在激他，他不怕激，即便没有这话，他也会去找金校长。他得为这个孩子说两句话，讨个公道。

听了刘枫的来意，金校长觉得有些奇怪，刘老师，你怎么会为那种学生说话？你看看，就那么一点小事，他居然就敢拿老虎钳子敲人家的头。要是碰到再大些的事呢，他还不拿炸药包把我这学校给炸了呀？

刘枫耐心地说，金校长，毕竟是个孩子，总还是能教育好的。

教育也要分人的。学生能不能教好，是学校的责任，更是家长的责任。

刘枫没应声，他想了想，说，金校长，就算你不要他了，但也不能不让别的学校收他呀。

听了刘枫的话，金校长勃然大怒，刘枫，你什么意思？谁说我不让别的学校收他了。我是天王老子呀？我告诉你，这样的学生不用我说，哪个学校都不会要他。

看着校长，刘枫知道自己已经没办法再继续说下去了，他在心里做了个决定。随后，他便离开学校，去了教育局。他有个同学在教育局办公室工作，他要找他说说这事。

让刘枫感到意外的是，听了他的来意，同学却反过来劝他，刘枫，你不要搞了，这样的事情，有什么搞头？开除个学生算什么，又不是什么天大的事。

同学的话让刘枫感到更加的难受，为什么他们说的话都是一样的，这怎么不是大事情呢？

刘枫说，你有孩子了吗？

同学点了点头，有哇。

那如果是你的孩子被开除了，你会怎么想？

听了刘枫的话，同学奇怪地看着刘枫，就像看一个外星人一样。半天，他才开口说话，刘枫，我们是自己人，我才这么跟你说。你不要意气用事，开除个学生，跟你没有半毛钱关系，可是如果你得罪了你们领导，你以后就没好日子过了。

刘枫撇了撇嘴角，他不想再说话了，他觉得自己的话就像放屁，没有一个人会愿意听。他出了教育局，没有再去学校，而是回了出租屋。他重重地摔倒在床上，忽然觉得没意思，没意思透了。他拿着手机，突然想起了一个人。不知道为什么，这一刻，他突然非常想见见她。

11

葛青青在路边的一个小摊上要了一瓶冰凉的可乐。一口气闷下去，二氧化碳产生的气体汹涌地顶住她的喉咙口，让她几乎落泪。好无聊哇，这阵子，每天待在家里，李爱芬又看得牢，差点把她闷出病来。好容易公司打来电话，让她去处理点急事，她才得以脱身。

就在这时，她听见手机响。拿出来一看，竟然是那个刘枫的信息。葛青青觉得有些意外，他从来没主动给她发过信息。他问她最近怎么样了？葛青青不确定他问这个问题是什么意思，她想了一会儿。那天晚上，她在他那里待了一个晚上。然后，第二天，她给他发信息，说喜欢他。她不知道自己为什么要跟他说这句话，似乎这是哪部电影里看过的桥段，突然滑过她的脑海，便有了跟他说这句话的冲动。她怎么可能喜欢他？她只是逗他。她不相信那种一本正经的男人，尤其是老师。

她没回他信息，她又有了新的念头，这念头让她觉得有些心跳加速。这是很好玩的事情。她在揣度他的想法，如果自己不理他，他会怎样，会惊慌，会胡思乱想？她不知道，也许他会期待些什么。他会不会喜欢自己这样的？她喜欢这种冒险，她觉得好玩。她知道马义也喜欢自己，但她不会跟马义发生些什么。马义是个孩子，太单纯了，不好玩。

她坐车去了他那里。到时，天已经黑了。他应该在宿舍了。她敲他的门，他打开门，看见她的时候，惊诧无比。她偷偷地观察，想看他惊讶的神情背后会不会还有些惊喜。

他将窗边的那把椅子让给了她。

你怎么来了?

她将目光向他迎去，你不是给我发信息了吗?

他一愣，不知道他发信息跟她来有什么关系。他有些局促起来，点了支香烟。她心里暗想，想想自己应该再主动攻击一下。

我给你发的信息，你都收到了吗?他不应声。她又继续说，你是不是不相信哪?

他抬头，看了她一眼，怎么可能呢?

怎么不可能?

为什么?

没为什么呀，我觉得这样好玩。她想了想，又补了一句，我不喜欢小孩儿，我喜欢年纪大的人。

刘枫有些困惑，怎么会这样想呢?难道你们这些学生平时都这么想吗?

葛青青撇了撇嘴，别人我不知道，反正我知道自己是这么想的。

刘枫又开始沉默。

你给我支烟吧。

刘枫将烟从烟盒里拔出，但犹豫了一下，又塞了回去。你不能抽，你还是个孩子。

葛青青白了他一眼，我最讨厌你们老师说这样的话，老是什么孩子孩子的。

那个人，是马义吧？学校开除他了。

葛青青一愣，为什么，就因为那个视频？

他摇摇头，他跟别人打架，用钢丝钳把别人的脑袋给敲破了。本来，对方已经不追究了，可学校还是坚持要开除他。我想帮他，我试了很多办法，我找校长，找教育局，可他们都不愿意放过马义。

葛青青愣了愣，她觉得意外，他居然想帮马义。

马义拍了视频，你不生他的气吗？

刘枫摇了摇头，没有，我不觉得这是什么严重的事。

葛青青说，看不出来，你还挺大度。那你当初为什么要揪着我不放？

刘枫塞住了，不知道该怎么说。

刘老师，你喜欢我吗？

刘枫眼神闪烁了一下，低下了头，怎么可能？

葛青青忽然觉得很好玩，似乎她是大人，而这个刘枫老师，倒像是一个学生。

我说的可都是真话，你不信吗？

刘枫还是不说话，他似乎不想回应。就在这个时候，葛青青有了一个大胆的想法，她站起来，伸手抱住了刘枫。当她的手指接触到他的身体后，他轻微地抖动了一下。她抱紧了，他的身体就剧烈颤抖了起来，她能感觉到他身体的紧张。很快，他便推开了她。他用力给了自己一个耳光，随后将手指插进头发，表情狰狞。

你不要这样，你是学生，我是老师。

葛青青嘲弄般地看着他。房间里的空气充斥着某种危险。她知道自己在玩一个危险的游戏，他就像一根细弦，她在用力拉他，细弦绷得很紧，就像随时会断裂。但她不紧张，她站在他身前，就像一个控制人的老手。

他突然站了起来。将椅子弄得很响。她被惊了一下。随后，他便躲进卫生间里。他在里面待了很久，没有任何的声响。葛青青忽然觉得这个老师和她想象的并不一样。

她从他的烟盒里，抽出支烟，一个人抽完，离开了。

12

早上，到学校时，大门已经关了，刘枫便从旁边门卫旁的小门进入。他冲着门卫笑笑，要过去。可门卫却拦住了他，让他登记。他有些迷糊，什么意思？门卫说，你迟到了，迟到了就要登记的。他拿出手机看了看，自己迟到了十分钟。今天这门卫怎么回事？以前，他可从来就没这么跟自己认真过。虽然学校有规定，不能迟到，但从没有人认真执行。他有些不高兴，在门卫登记簿上草草地写上了自己的名字。

他走到办公室，方老师已经在办公室里了。他跟他打招呼，方老师却装作没听见，竟然起身走了出去。他心底一沉，不明白今天都是怎么了，好像有些不对劲。他来不及细想，匆匆拿上教义，往教室走。上午第一节，有他的课。

走到教室门口，他发现教室里竟然已经有一个老师在上课了。他觉得纳闷，敲了敲门，说，这一节课是我的吧？那个老师看了他一眼，面无表情，像是不认识他。他又补了一句，课程表上排的是我的课。那个老师说，课程表调整过了。他觉得莫名其妙，转身往教务处走。

刘枫找到教务处处长，询问课程的事，教务处处长说昨天晚上学校开了会，做了一些课程上的调整，还没来得及通知。说着，他便将新的课程表翻出来，递给刘枫。刘枫粗粗看了一遍，发现上面竟然没有排他的课程。

这是怎么回事，怎么我的课一节也没有了？

教务处处长说，是吗？那我就不知道了，是领导的决定。

哪个领导，校长？

教务处处长耸了耸肩膀，不置可否。刘枫感觉脑袋一阵阵发热，他的感觉非常不好。他又匆匆跑去校长室，校长室大门紧闭。他只能转身，又回到教务处。

校长呢？怎么没在办公室？

哦，校长去云南出差了。今天早上去的。

校长出差去了，怎么会这么巧？刘枫觉得心里一阵发慌，自己似乎正陷入一个巨大的阴谋之中。

课程表上，我连一节课也没有，这是不是就说明我接下来不用上班了？

教务处处长又耸了耸他的肩膀，我不知道哇，这得问领导。

刘枫铁青着脸回办公室，他不能在教务处待了，再待下去，他怕自己压不住火气。他坐在办公室里，不知道究竟发生了什么。教务处处长说昨天晚上学校开会了，开什么会，怎么自己不知道，难道这会是针对自己的？

下了课，方老师又回到了办公室。他依旧没理他，顾自坐在办公桌前喝茶。方老师。刘枫又叫了他一声，但方老师依旧没理睬他。刘枫从椅子上用力站起来，走到他面前。

方老师，你为什么不理我？到底发生了什么，为什么每个人都要针对我？

方老师抬起头，惊讶地看了他一眼，什么，我不理你了吗？

他在心里冷笑，我跟你打了两次招呼了。

你跟我打招呼了？没有吧，我没听到哇。

方老师的装腔作势让刘枫厌恶，但他还是努力让自己保持平静，方老师，办公室里就我们两个，我们能开诚布公地说话吗？到底什么事，你能不能告诉我。

什么开诚布公，那么严重？我都听不懂你在说什么。哟，不行，我得上课去了。说着，方老师匆匆地喝一口茶，走出门去。

刘枫瘫坐在办公椅上，耳朵边嗡嗡地响。他们都在针对自己，虽然他们什么也没说，但他不可能察觉不到。

妈的。他在心里骂了一句，将书本用力砸在桌子上，走出办公室。走廊上，有两个老师将头凑在一起，在窃窃私语。他们的神情看上去眉飞色舞的。可一看见他走过来，就立刻什么都不说了，只是冲他略有些尴尬地笑。他感觉到他们说的内容可能跟他有关。他得弄明白，这究竟是怎么回事，否则，他会被逼疯的。

他去找了那个姓李的副校长。李副校长是个胖子，平时和刘枫关系还算不错。刘枫进了门，刚要说话，李副校长却摆着手说自己有事，要马上出去。刘枫将门口堵住，他有些哀求地说，李校长，你能不能告诉我，到底发生了什么事，为什么今天所有的人都要针对我？李校长见自己被堵住了，走不了了，低声骂了句什么，不情愿地回到办公桌前。他点了支香烟。

刘枫，你是真不知道，还是假装糊涂哇？

李校长，我没有装糊涂。今天一到学校，所有人都针对我，甚至连我的课都给取消了。我都快被弄疯了。

哼，我看你是真疯了。刘枫，我问你，你为什么要那样干？那个学生的事，金校长也是一时气愤，可毕竟还没做出最后的处理不是？你怎么就给捅到网上去了？

刘枫一头雾水，我没在网上说过这事啊，怎么可能？

李校长白了他一眼，点开一个网站。

你自己看吧。

刘枫将头凑过去，看见上面是一篇文章，题目叫作《一个教师的委屈》。随后，文章以一个教师的口吻，写了学校要将一个学生开除，然后他为了挽救这个学生，独自和校长、教育局力争。但最后，还是因为势单力薄，斗不过黑暗的势力。

刘枫，我问你，什么叫黑暗势力？你指的是谁，金校长还是教育局？

刘枫瘫坐在旁边的椅子上，声音微弱地说，这不是我发的。

我知道这文章不是你写的，哼，我想你也没蠢到用自己真名去写这样的文章。但我问你，这个事你有没有去找过教育局，还有，你有没有跟别人说过？

刘枫愣住了，他没办法否认这样的事实。

李校长看了看刘枫，给他拔了支香烟，然后压低声音说，刘枫，也就我跟你说说。你该知道金校长的性格，他最不能容忍的就是这种不讲上下级观念的事情。我看你平时也是挺聪明的一个人，为了一个学生那么干，你觉得有意思吗？

13

刘枫躺在床上，他知道房间里还有一个人。他认识他，八年前，他曾经就这样跟在自己身边，整整跟了一年。现在，八年过去了，他都已经忘了他了，可他，居然又出现了。刘枫不知道他是怎么找到自己的，也不知道他是什么时候溜进来的，但他确定他就躲在房间的某个角落。他睡觉时，他就偷偷地走出来，趴在他耳朵边说话。他听不清他在说什么。叽叽喳喳的，一刻也不停，让他无法安睡。当他在房间里走动时，他就躲到了他身后，他知道他在做各种鬼脸，在嘲笑他。有时，刘枫就突然转身，试图将他逮个正着。可他的意图总是被他识破，他就像一阵烟一样，一闪身，又躲在他身后。每天，他都会试图逮住他，他在房间里假装踱步，然后反复地突然转身。可每次，他都失败，累得气喘吁吁。刘枫瘫倒在床上，睁着眼睛，浑身疲乏。

有人敲门，是黄尹来了。他给她打的电话，他说要跟她商量重要的事情。现在，他已经决定了，他不想当老师了。所有的人都不喜欢他当老师，学生不喜欢，同事不喜欢，黄尹和她的爸爸也不喜欢。好吧，大家都不喜欢，那就索性不干了。就像那个李校长说的，有什么意思呢？

黄尹进了门，急匆匆地坐下，快说什么事，我还得急着回去。晚上有分行的领导在。

分行的领导在？刘枫觉得不高兴，他能想象得出，晚上，她又会陪他们喝酒，陪他们唱歌。他们把她当作一个陪酒女。

我不当老师了，我想重新找个工作。

黄尹一愣，为什么，怎么突然不当老师了？

刘枫说，你们不是都不喜欢我当老师吗？

黄尹说，这是两回事。你怎么事先也不跟我商量一下？

刘枫说，是突然决定的。

黄尹有些不高兴，你怎么总是这样。

刘枫觉得黄尹的话有些奇怪，自己什么总是这样？他不再说话，低着头抽烟。就在这时，他感觉到躲在房间的那个人又出现了，他躲在他身后，没有说话，脸上却带着嘲弄般的神情。

黄尹看了看手表，显得有些不耐烦，你还有什么事就快说，我还得赶回去呢。

刘枫觉得有些悲哀，这样的事还不够留她下来吗？自己下了多大的决心，可这样的事似乎还比不上她领导的饭局重要。

黄尹说，好了好了，没别的事，我要走了。害我白跑一趟，我还要去酒店点菜呢。说完，她就起身要走。

就在这时，刘枫感到身后那个人又凑近了，他趴在他的耳边低声说，刘老师，你看见没？她不想理你，你当不当老师，她根本无所谓，她只想着陪那些领导喝酒。算了吧，别再幻想了，她不是你的，你是在自作多情。

黄尹走到门口，刘枫突然起身，跑过去拦腰抱住了她。随后，他就像摔跤一样将她翻到了床上。他压着黄尹，用力地拉拽她的裤子。黄尹慌张地叫道，刘枫，你做什么呀，你把我的丝袜拉破了。你疯了吗？刘枫像是没听见，依旧用力往下拉拽。他显得凶猛并强悍。

拉下黄尹的裤子，刘枫便毫无前奏地挺进了她的身体，奋力地撞击着。黄尹像一条砧板上的鱼，用力挣扎，她伸手，试图推开他。

你快停下来，你神经病啊。

刘枫依旧不管不顾。黄尹知道躲不了，口气稍稍软了软，刘枫，要怀孕的。让她想不到的是，说了这话，刘枫却更加疯狂起来。

刘枫凶狠地撞击着黄尹的身体，他似乎什么也看不见，什么也听不见，他的脑子里充满了各种奇怪的情绪，委屈、愤怒，似乎所有的情绪都在身体撞击的声响中扭曲着，挣扎着，放大着。他完全进入了自己的世界，这个世界什么都没有，只是一片黑暗。他觉得自己是在黑暗中潜游，他要一直往前。他越游越快，那些阻力似乎在逐渐地退缩。他觉得自己的呼吸变得越来越困难，空气越来越稀薄，到最后，他已经接近窒息的状态。就在这一刻，一阵耀眼的光亮忽然就像一颗核弹一样在他眼前炸开，无比绚烂。

刘枫伸手努力地将身体支撑起来。这时，他看见黄尹的脸上全是泪水。在这一刻，他忽然清醒了，他意识到了自己刚做了一件什么事情。他坐起来，他想跟黄尹说些什么。可黄尹却突然从床上跳下去，冲进了卫生间。他听见水流的哗哗声响，感到很后悔。

黄尹用毛巾遮挡着身体，从卫生间出来。她站在床前穿衣服。他伸手，试图抱她。可当他的手触及她的身体时，她就像触电一般躲闪。她穿好衣服，要走。他拉住了她的包。

对不起。

黄尹扭过头，为什么说对不起？对不起什么？

刘枫一时语噎，不知如何作答。

刘枫，你为什么要这样做，你想让我怀孕，想让我嫁给你吗？

刘枫用力摇头。

黄尹的嘴角露出了一丝鄙夷的神情，刘枫，你跟别的男人没什么区别。

黄尹甩开他的手，用力甩上门，走了。

刘枫躺回床上，刚才心里的后悔突然又像退潮一样慢慢消失了。黄尹说别的男人是什么意思，难道她还有别的男人吗？

刘枫坐起身，点了支香烟。那些白色的烟雾在黑色的房间里，像鬼魂一样地飘荡。他的眼神便跟着每一缕烟雾飘散。房间里很黑，这黑暗让他觉得舒服。原本，窗帘的缝隙里透露出一丝路灯的光亮。一些奇怪的味道在屋里丝丝拉拉地飘荡。他买了胶布，将房间外所有能透过光线的地方，全部封住了。

这个时候，刘枫想起了葛青青。几天前，她就站在这个房间里，她抱住自己，他仿佛能闻见她身上散发出的新鲜热烈的味道。

他眯起眼睛，想起了她坐在自己家门口的那个样子，抱着膝盖，弯曲着身体。

刘枫吐了口香烟，要是葛青青现在能来自己家，该多好。

14

葛青青站在路口，抬头望了望天空。太阳高悬在天空上，金光一片。她觉得有些恍惚。

她又来到了这里。他给她发了信息，他在信息里说，我想你了，你能来吗？

这是自己曾经对他说的话，他居然也敢说。为什么会这样说呢？葛青青有些犹豫，当他突然变得主动以后，似乎一切意味都变了。虽然她有些不安，但她还是决定去，她说服不了自己。她对这样的事，总有着说不出的向往。她没办法退缩。

她敲了两下门，他就忙不迭地将门打开。他脸上挂着笑，这个神情，她是陌生的。在她印象里，他总是局促。她一直觉得他是个不安的人。

他将她迎进了房间。房间很黑。虽然亮着灯，但她却觉得黑，这个空间似乎是和整个外部世界隔绝的。她忽然有些紧张起来。这种紧张，是前所未有的。虽然他是老师，但她从来没感觉紧张，她一直觉得他是一个没有攻击性的人，在面对他的时候，她似乎是永远占上风的。但这一刻，有了变化。她不知道这个变化来自哪里，似乎有一种逼仄感，她说不清楚。

他继续挂着笑，看着她坐到那把椅子上。她觉得不自在，似乎这是一场较量，他已经占了上风。她微微调整了一下呼吸，她想自己应该说些什么，来扭转这种不平衡的局面。可她刚想开口，他却突然扬了扬手，哦，对了，你等下。说着，他就跑进了卫生间，拿了一些葡萄出来。吃吧，洗干净了的。

葡萄的确是洗干净了的。盛放在一个塑料盘子里，在灯光的照射下，还有隐约的水的光泽。吃呀。他招呼了一声。他显得热情，但在她感觉里，这招呼却像命令。她伸出手，摘了一个，放进嘴里。咬碎了，满嘴都是葡萄汁，但她却似乎尝不出任何滋味。

他笑着看她，说，多吃点啊？怎么就吃一个，这可是我专门为你买的，很甜的。

她想了想，又摘了一颗。她从来没有吃过这么难以下咽的葡萄。

那个，我写了一篇东西，发在网上。

哦，我知道，写得蛮好。

他笑眯眯的，语气轻松。葛青青心里有些发愣，什么意思，他真不在乎，还是故作轻松？

你看过那篇文章？葛青青想再确认一下。

看过了，《一个教师的委屈》嘛，写得蛮好。真的。

葛青青确认了，自己没有弄错。他说的就是那篇文章。她又想了想，决定主动出击一下。

你今天为什么给我发那个短信？

他又笑了笑，这个怎么说呀。那你告诉我，你以前为什么给我发那么多短信？

她愣住了，没想到他会反问自己。她不再说话，她觉得自己的气势完全被他给压住了。

你今天来了，能帮我个忙吗？

葛青青抬头看他，他依旧笑眯眯的。

什么忙？

他没说话，转身进了卫生间。很快，他便从卫生间里拿出了一个脸盆，脸盆里装满了水，随后，他又把一条干毛巾放了进去。他将脸盆放下，开始一件件地脱衣服。

葛青青不明白他要做什么，眼前的景象让她更加紧张起来，几乎无法透气。她不敢看他，只是扭头盯着脸盆里的那条毛巾，在吸饱热水后，这条干瘪的毛巾很快便肿胀了起来。

他脱得只剩了一条短裤，终于停住了。随后，他将那条毛巾从水里捞出来，轻轻拧了拧，递给葛青青。

你能不能用这条毛巾打我？

葛青青被吓到了，他究竟是什么意思？眼前的一切都超出了她的预想。原本，她对他毫无顾忌，因为她料定他不敢对自己怎么样。可现在，一切想象都被眼前的景象给撕裂了。他递着毛巾，眼神稍稍扬了一扬，似乎是在鼓励她。她迟疑了一下，还是将毛巾接了过来。她的手在微微颤抖。

他闭了眼睛，说，来吧。

葛青青觉得脑子有些眩晕，但她还是将毛巾轻轻地甩了出去。在甩出毛巾的一瞬间，她觉得时间似乎定格了，毛巾抽打在他的身体上，啪的一声响，便溅出了晶莹的水滴。

再用力点，好吗？他又温和地说了一句。

葛青青不明白，他究竟是要做什么，他喜欢这种方式？会很疼吗？他不怕疼吗？

啪、啪，她又抽出了第二下，第三下。在短暂的惊慌以后，葛青青开始找到了方法和力道，毛巾接二连三地甩在他身上，他的脊背很快便出现了红印。她仿佛看见他身体里的血液在他的皮肤下焦躁地窜动。葛青青偷偷看他，每抽打一下，他的脸便会露出一阵的狰狞，可以感觉得出，他在忍受巨大的疼痛。可更让她诧异的是，这种狰狞中，竟然还有一丝微笑。她不确定他为什么要笑，是满足吗，或者是嘲笑？他在嘲笑什么，嘲笑自己吗？

这微笑勾起了葛青青巨大的反感，她开始了真正地抽打。她几乎将所有的力气都用在了这条湿毛巾上。她紧张得有些窒息，她甚至都不确定自己在做什么。她目光落在他身体上那片红肿的区域，这红还在扩散，如同着了火一般。不知道是累还是什么，葛青青觉得热，奇热无比。

突然，她听见刘枫大叫了一声，随后他便冲进了卫生间。他关了门，剩了葛青青一个人站在原地，浑身湿汗。

他就一直待在洗手间里，葛青青不知道他在里面做什么。房间里突然变得很安静，安静得就像一块冰。突然，厕所里有什么东西被撞翻了，咣当一声。葛青青的身体不由得一震，她反应了过来，迅速推开门，跑了出去。

她不知道自己跑了多久，最后双腿发软，几乎栽倒在地。她大口喘气。气喘匀了，她又抬头看了看天空，她似乎要确认一下自己到底是在现实还是在梦里。一切都太疯狂了，疯狂得让她无法消化。

低下头时，葛青青觉得脸上有些凉，她用手摸了摸，是眼泪。她有些难过。在外面经历了稀奇古怪的一天，现在，她想回家了。但她回不去，她不确定那个别墅是她的家。兴许，此刻，那个头发吹得蓬松的小男人阿凯又待在那里了。他比她大不了几岁，可她的妈妈却愿意像个小姑娘一样跟他说话，讨好他。在她眼里，他似乎比自己还要重要。

葛青青拿出手机，忍不住又拨了一遍那个号码，依旧是关着的。自从马义离开后，她几乎每天都要拨一遍他的手机，可他的手机却再也没有开过。她想，他可能是不会再开机了。他和妈妈没两样，他们都是自私的，他们只管自己的生活。

15

早上，教务处打来了电话。通知刘枫下午到学校开会。这让刘枫有些吃惊，他已经好些日子没去学校了。现在，他就像一个孤魂野鬼，他没有课程，没人愿意跟他说话，甚至连学生都避着他。他觉得自己就像一只船，从人群中走过，人们就会像水一样分开。

下午，刘枫骑着电瓶车去了学校。校门口的那个保安，站在台阶上，用一种居高临下的眼光看着他。刘枫觉得有些滑稽，现在，他在这个学校的地位已经不如一个保安了。他下了车，看着那个保安说，我又迟到了，赶紧记上，月底可以扣我的奖金。

刘枫停了车，去了会议室。他看见人已经来了不少了。那个金校长坐在主席台上，不停地拿起水杯喝水，就像他是一条鱼，时刻都缺不了水。底下的老师，个个都是正襟危坐，显得那么煞有介事。刘枫悄无声息地从门后溜进去，选了个最角落的地方坐下。

校长问教务处处长人齐了没有，得到肯定的回答后，他从西服的内袋里掏出了一封信。

今天开会，我想讲讲这封信，这封信是从报社寄来的。校长将目光落在刘枫身上，刘老师，你知道这封信的内容吗？刘枫一愣，他不知道为什么校长要点自己的名字，我不知道，我没写过信。校长脸上露出一个奇怪的笑容。随后，他开始念信。

报社的各位叔叔阿姨：

你们好！

我是求知中学的一名学生，我叫王子杰。我要向你们反映我们学校的语文老师刘枫。上礼拜三，刘枫老师来到篮球场，主动要求跟我们一起打篮球。最后因为球技差，他恼羞成怒，竟然拿我出气，非要说我跟看球的一个叫周敏的女生早恋。我不承认，他就让我罚站，还逼着写检讨书。这件事，给我的身心造成了很大的伤害，最近，我完全提不起学习的兴趣，成绩严重下滑。我不明白，为什么刘老师要这样跟我一个学生过不去，难道这就是老师应该做的吗？我不知道该怎么办，希望报社的叔叔阿姨能帮助我。

此致

敬礼！

王子杰

听着信，刘枫微微垂下头，他知道校长说的那个人是谁。他微微怔了怔，想起了那个学生挑衅的目光。就在这时，他忽然感觉后背有了一点点风声，那个人又来了，他竟然跟着自己来到了学校。他站在自己身后，将头凑到自己耳边，悄声说，刘老师，你知道这是怎么回事，对吗？

他有些恼怒，呼的一下转身，试图抓住他。转身时，他的椅子腿磨蹭地面发出了刺耳的响声。屋子里的人都安静地聆听校长的话，这个刺耳的响声在这片安静中显得刺耳而不可接受。金校长很不高兴，他盯着刘枫，刘老师，你在做什么？

刘枫在众人的目光中，有些尴尬。就在这时，那个暖烘烘的声音又在他的耳边凑了上来，刘老师，你羞愧吗？你看你对那个女学生都做了些什么呀？她可是一个学生啊，难道你爱上她了，你不要黄尹了？

刘枫猛地从椅子上站起来，大喊了一声，我没有！

就在这时，金校长也从座位上站了起来，他将那个茶杯用力敲在桌面上，茶水四溅，刘枫老师，你给我出去！

瞬间，房间里所有的眼光都投在了他的身上，刘枫感觉到慌张、羞愧、自卑。他缓缓地走出了会议室。或者，他不是走，而是从那些目光的夹缝中挤过去的。那些目光如此顽固有力，让他无法呼吸，每一步都几乎耗尽所有的力气。等他走出会议室的时候，他已经筋疲力尽了。

刘枫站在走廊上，扶住栏杆，大口大口地喘气。

难过了吧？你不是想做一个好老师吗？你对学生好，有用吗？你就是个傻瓜。那个学生，他篮球打得那么好，你还记得看台上那个女生吗？你觉得她不是葛青青？我觉得就是，如果葛青青坐在那里，也会喜欢那个男生，黄尹也会喜欢，她们只是不喜欢你。

刘枫觉得浑身的血液都快沸腾了，它们在自己的血管里撕咬、怒吼，就像发疯的野兽。他用力咬了咬牙，迅速地推开了栏杆，转身往教室走。他走到了那个教室的门口，看见了那个男生，此刻，他正跟几个同学说说笑笑。

他冲进教室，一把揪住他的衣领，将他从座位上拉了起来。旁边的学生都看得目瞪口呆。刘枫丝毫不理会他们，将他往外拉，因为太过用力，将一张课桌给撞倒了。

他将他拉到办公室，将门关上，拉上窗帘布。随后，他伸出手，劈头盖脸地朝着那个男学生挥过去。那个男学生杀猪一般地惨叫了起来，他伸出手，试图抓住刘枫的手，但这却引起了刘枫更大的愤怒，他将他推倒在地上，就像一头野兽一样扑了过去。他觉得自己身上安装着一个开关，现在这个开关被开启了，他就再也无法停住。他听见自己的手掌落在这个孩子身上，发出结实的声响。他还听见学生在他身下发出恐惧的哭声，求饶声。这些声音是多么的熟悉。他为这声音感到悲伤，但他却根本停不下手。

16

刘枫坐在派出所里，抬头看着对面那个脏污的玻璃气窗。这脏污像某个图案，他说不清是什么图案，但这图案让他感到难受。他站起身来，试图用袖子去擦，根本够不着，他又将椅子搬过来，想站在椅子上去擦。但试了几次，依旧还是没有成功。

现在，终于只剩他一个人了。当警察来时，他就跑了，他跑得比兔子还快。其实这个时候，刘枫倒希望他在，他觉得孤独，他希望他能跟他说说话。

刘枫将双手用力地插进自己的头发，他很懊恼，他不知道自己怎么就会去打那个学生。当那些人从办公室外冲进来时，他就知道自己完蛋了。那些人和外面的光一起汹涌地进来，那时，他正握着拳头，而那个男学生则蜷曲在墙角。那个场面一定很丑陋，丑陋无比。办公室的外面挤满了人，有学生，也有老师，他们看见自己的时候，脸上充满了惊愕，如同看见了一个怪物。

警察给他做了笔录，他也记不清自己到底跟警察说了些什么。在那一刻，他觉得很羞耻，甚至希望他们能拿出枪来直接把自己给枪毙了。

房间的门突然开了，一个警察从外面走了进来。他让刘枫跟他出去，有人来保他了。刘枫有些困惑，谁会来保他呢？他跟着警察走出去，走到外面，他愣住了，他看见门外站着一个瘦弱并且熟悉的身影。这个人有着一张坚毅倔强的方脸，头发极短，坚硬地在头皮上竖立着。

这个硬发质的男人站在门口抽烟，他紧蹙着眉头，抽了一口，便开始剧烈地咳嗽。这咳嗽声让人疑心他会不会将肺叶给咳出来。这是再熟悉不过的声音，刘枫的童年，几乎便是在这咳嗽声中成长起来的。他是刘枫的父亲，他叫刘建国。事实上，刘枫已经好几年没见过他了，他们几乎已经有些陌生了。刘枫想说些什么，却又什么都不敢说。

警察拿来单子，让刘枫签了字。随后，刘建国便带着刘枫离开了派出所。他让刘枫带着他去他的住处，刘枫觉得，并不是自己带着他，而是他押着自己。

走进出租房，刘建国的眉头皱得更紧了，怎么搞得这么黑。他走到窗边，扯掉胶布，然后将窗帘用力拉了开来。一瞬间，房间里的一切便暴露在太阳光下。刘枫用手挡着眼睛，觉得很不舒服，但他不敢说出来。

刘建国坐在房间唯一的一把椅子上，又点烟，又剧烈地咳嗽。

那个学生是怎么回事?

哪个学生?

就是被你揍的那个。

刘枫摇了摇头。

你的性子还是太软弱，我知道的。那肯定不是什么好学生，现在的学生，哼，我比你了解。你别以为我退休了，年岁又大了，就什么都不知道了。这些学生，什么样子?

刘建国说了会儿话，又开始剧烈地咳嗽，咳嗽声在狭小的房间里头，打雷一般。

我了解过这个事情，之前那个学生早恋，你处理过他，这个学生就写检举信到报社。哼，我觉得你做得没错。倒退二十年，我会揍得比你还狠。当然，形势不一样了。现在的孩子骂不得，打不得，老师要把学生像太公一样供起来。这样搞下去，怎么得了？这些人长大了对社会能有什么用处？

刘枫在心里苦笑，他相信刘建国的话不是为了安慰他，他从来不是一个懂得安慰的人。那时，他是村里那所学校唯一的一个老师。对于学生，他向来严厉冷酷。村里的孩子啼哭，大人甚至会用他的名字来吓唬他们。让他感到奇怪的是，那些被他打过的学生的家长，却从来不会对他有所怨言，逢年过节，还会拿着礼物来看望他。

我约了黄更生。

刘建国说的这个黄更生是他以前的一个学生。这是为数不多的几个让他引以为傲的学生。现在，他是教育局的局长。刘枫不愿意他去找黄更生，这个事，没有什么回旋的余地，作为一个打过学生的老师，他并不期望得到宽恕。

我不想再教书了。

刘建国严厉地看着他，你干什么？气馁了？碰到点事情就学会放弃了？

刘枫想了想，大着胆子说，你还记得八年前我住院的事情吗？其实，我的病一直都没恢复，我想去杭州治疗一段时间再说。

他还没说完，刘建国却做了个果断的手势。

你有病，你有什么病？你不就想当逃兵吗？我告诉你，人不能因为这点事而放弃。如果换成我，我会自己跑到教育局，我要跟他们据理力争。你犯什么错了？学生不听话，你打几下怎么了？老师打学生，天经地义。严师才出高徒，这是老话，我就觉得这个话说得最有道理。

他低垂着头，不敢再说话。

他们一起在一个小饭馆吃的晚饭，吃晚饭的时候，刘建国问他那个女朋友谈得怎么样了？他含糊地应道，还在谈。

刘枫低着头，他不想说一句话。他想早点离开饭馆。

晚上，父亲就住在他的出租房内。他在床上和他挤了一夜。他提出要给他开个宾馆。他一口回绝。一晚上，他都没有睡着。他的睡眠极其糟糕。床不大，他们的身体几乎挨在一起。他尽力往床里缩，他害怕触碰到他的身体。

刘建国倒是早早地入睡了，这是他多年以来的习惯。他睡眠很安静，似乎没有人，只有均匀的气息。

第二天一早，刘建国便出门去了，他让刘枫在家里等他，他要去办重要的事情。回来时，已经是十点多了。当时，刘枫似乎刚有一些睡意。刘建国用力地敲门，他开了门，刘建国走进来，用力拉开窗帘。

刘枫没有问黄更生的事，他对此毫无兴趣。而且，不用他问，刘建国也会主动说，他会宣布他跟黄更生谈的结果。在刘建国的字典里，没有商量这个词语，只有宣布。

我跟更生谈了，他说这个事很难办。不过，后来我想起你说你要治病的事，我觉得这倒是个办法。我就跟更生说，你有病，你得了焦虑症，所以你对那个学生做的事就更情有可原了。

刘枫觉得有些羞愧，他觉得刘建国不该将这个事说出去。

我说你学校的教学任务重，你一个年轻人又上进，精神压力太大了。更生就跟我商量，学校和家长那边，他想办法去沟通，你有了这个病，他也有个说辞。更生还说，这段时间，你就不要去上课了。你这个病还是得治，治好了再来上班。我同意了，他说得有道理。医院，他也帮我联系好了，我们去杭州，那里有他一个同学。当然，不是我的学生，如果是我的学生，我就自己联系了。

刘建国顿了一下，盯着刘枫，刘枫，你要记住，我们去医院，不是因为你真有病，我们只是做做样子，对学校和学生做个交代。我知道你不情愿，我也不情愿，可没有办法。好了，不多说了，说多了也没用。下午我们就去杭州，我车票都已经买好了。

17

病房在这个医院4号楼的19层。房间不大，有两张床。除了刘枫，另一张床上还躺着一个年轻人，这个年轻人的目光永远呆滞地看着屋顶，似乎那里蕴藏着什么特别的秘密。年轻人也是父亲陪着。他的父亲很喜欢看报纸，可能是出来急，忘了戴老花眼镜，看报纸时，他的眼睛要离报纸很远，就像个拆弹专家。

刘枫躺在病房里，长长地叹出一口气。对住院这个事，他并没有压力。以前，每当睡眠不好，人变得焦躁时，他便时常会想着回医院。但终究他还是不敢。他怕刘建国，也怕其他老师，还有黄尹。没有人会愿意公平地看待一个老师的病情。事实上，他对医院的生活并不陌生，八年前，他就在这里住过。他是自己来的，后来，是刘建国将他带了回去，刘建国当时的口气和现在一样，他说，你这不是病，你这是无病呻吟。他还说，你要再在这里住下去，你就完了。从那时开始，八年间，刘枫就再也没有进过医院。有些讽刺的是，当年是刘建国将刘枫带出了医院，可八年后，他又亲手将他送了回来。

一个护士走进来，她拿着一个小塑料盒子，递给刘枫，然后她就站在他面前，看着他。刘枫将塑料盒子里的药片吃了下去。吃了药，很快，他便有了睡意。药片的效果很好，从喉间滑下去，刘枫便觉着自己的火气慢慢地消退了，他觉着平静、安详，几乎没有任何情绪。他有些困了，他好久都没有这样浓的困意了。大概半年前，睡眠便离他远去。他的脑中胡乱拂过一些影像，隐约中，他似乎还听见隔壁病房传来吼叫、哭泣的声音。但那声音很快便没有了，他沉沉地睡了过去。

第二天醒来时，刘枫觉得精神很好。充足的睡眠给他的身体带来了饱满的能量。事实上，他已经不记得自己有多久没有这样好好睡过了。平时，即便睡着，他也很容易惊醒。但昨晚，他却沉沉睡着，毫无知觉。

醒来时，刘建国并不在房内，他晚上睡觉时的折叠椅已经被收拾起来，放在一边。他有早起锻炼的习惯。过了一会儿，护士便将饭送来了，饭被统一装在一个塑料盒子里。一碗粥，一个馒头，一个鸡蛋。刘枫在卫生间简单洗漱了，便开始吃饭。似乎睡眠好了，胃口也好了，他细致地将所有的东西都吃完。

吃完了早饭，刘建国还没有回来。刘枫便起床出了病房，到了外面的走廊。说是走廊，其实就是屋内的一个圈，病人们便在这个圈里绕着走。走廊边，有这栋楼唯一的一个出口。是扇铁门，这个门看上去很坚固，坚固得似乎足以抵挡100万吨的TNT当量。平时，刘枫和其他病人是出不了这扇门的，只有亲人签了字，才可以陪同着出去。

转了一圈，刘建国从铁门外进来了。刘枫便不再走，跟着刘建国回了病房。到了病房里，刘枫躺到了床上，躺了一会儿，护士又进来了，手里托着一个盘子，盘子上放着三个小塑料杯，每个塑料杯里放着两片颜色不一的小药片。他将药片全部倒在掌中，一翻，全扔进了嘴里。他没有用水送，药片就卡在了喉咙口，变得奇苦无比。

刘建国站在窗户前伸展着身体，窗上也罩着铁丝网。这个病房原本是有阳台的，可能是为了病人不生出事端，阳台也用水泥给封死了。

躺了一会儿，刘枫看见隔壁床的年轻人突然转过脸来盯着自己，你听见了吗？刘枫一愣，摇了摇头。年轻人便又说，我听见了，有人在说话。很多人，叽叽喳喳的，好烦。刘枫凝神听了一会儿，并没有声音。这时，年轻人突然朝着空气大喊了一声，你们都别吵了，别吵了，让我睡会儿行不行？随后，他便癫狂了起来，将被子、枕头全部往空气里扔，大声哭叫。

年轻人的父亲见状，赶紧跑到外面叫医生，很快，两个护士便跑了进来，她们将他摁倒在床上，然后从床底下捞起一根带子，缠在他的身上。年轻人被缠住了，就像一条大鱼一样在床上蹦，病床便嘎嘎吱吱响个不停。护士准备给他打针，因为无法固定他的身体，始终无法完成注射。她们让年轻人的父亲帮忙，可他的父亲站在一边，神情慌张，似乎根本用不上力气。这时，刘建国走过来，帮着将年轻人死死按住。

护士打完针，那位木讷的父亲向刘建国表示了感谢，他看着自己的儿子，神情哀伤而又无奈。

是我害了孩子呀，我自己是卖豆腐的，我没有念过书，吃够了苦头，所以我总是逼着他读书，希望他能出人头地。没想到，这书就把人给读坏了，临高考的时候，他就崩溃了。

听了这位父亲的话，刘建国没说什么，只是将头转过来，冷冰冰地看着刘枫。

看见了吗？这就是你们这一代教出来的孩子。天天在蜜罐里泡着，一点风吹草动都扛不住。有什么用，你说有什么用？

刘枫不知道该怎么回答刘建国的问题，他总是无法从他那里得到一个儿子该得到的温暖感受。刘枫便看着那个孩子，他打了针，就平静了下来，他被绑着，依旧躺在床上，目光呆滞地望着屋顶。看了一会儿，刘枫的目光就越过了年轻人的身体，他看着病房里唯一那扇安装着铁丝网的窗户，突然想起了自己出租房的那扇窗。似乎夜幕降临下来，路灯亮了，葛青青就站在路灯下面，她穿着一件红色的长裙，笑容温暖。

18

葛青青下楼的时候，李爱芬不知从什么地方突然冒了出来，她站在楼梯口，问葛青青，你今天该去上学了吧，已经一个多礼拜了。马校长很关心你，打我电话，问你为什么还不去上学。你再不去，学习会跟不上的。

葛青青心里一阵冷笑，关心个屁，要没有那些烟，那个校长会打电话来吗？

我不想念书了，你跟马校长说声，让他开除我吧。

李爱芬愣住了，葛青青，你这是什么话？你不念书，你以后想干吗？

你别管我，反正我不想念书了。

我是你妈妈，我怎么能不管你？你这么小的孩子，如果不念书，你能干吗？去社会上混哪？

混就混呗，又有什么关系？

葛青青，你不要说些天真话，我也是从你这个年龄过来的。我知道这个年纪的姑娘不好好念书，会是个什么下场。

还能有什么下场？大不了以后，我也带个人回家呗。

葛青青，你在说什么？你再给我说一遍。

没说什么呀，你觉得我在说什么？

我告诉你，葛青青，你别给我脸色看，你没资格给我脸色看。别说你，就是你爹，他也没资格这么说我。你看看这房子，你看看你穿的这些，吃的这些，如果不是我，它们会从天上掉下来吗？

哼，那你拿回去好了，我又不稀罕。葛青青下了楼，要开门出去。李爱芬冲过来，将她拉了回来。她将门反锁了。

你今天不能出去。

葛青青说，你凭什么不让我出去。

就凭我是你妈。

你是我妈怎么了，我是自由的。

哼，自由，你有什么自由，是我把你生下来的，我给你钱花。没有我，你哪来的自由？

你让我出去，我有人权。

嗬，你有人权，我也有人权。我告诉你，葛青青，你未满十八岁，还未成年，我的人权就是要管住你。

葛青青赌气了，不出去就不出去。转身上楼，走到楼梯一半。她突然转过头，那个小白脸怎么好久没来了？是不是不喜欢你了？嫌你太老了？

李爱芬随手拿起身旁的一个洒水壶朝葛青青砸了过来。葛青青机灵地往旁边一躲，洒水壶便砸在了楼梯扶手上，葛青青嘻嘻嘻地跑回了自己的房间。关上门，葛青青的心情便阴沉了下来。和李爱芬的斗嘴丝毫没让她觉得快乐。

那个上午，父亲还跟以前一样，从菜场买回菜烧好。李爱芬没在家里吃饭，她要陪什么领导。这几年，她几乎没有在家里吃过饭。那天，父亲的话很少。但葛青青当时没感觉出来，她只是觉得父亲的菜烧得有点多了。第二天，父亲就不见了。他留了一封信，她没看到那封信，信是李爱芬看到的，她几乎疯狂地朝她吼，你的父亲跟别的女人走了。这个王八蛋，居然闷声不响地在外面找了个女人。

父亲出走后不久，李爱芬就将那个叫阿凯的小白脸带回了家。她似乎在报复他。她不该这么做，至少不应该在自己面前这么做。葛青青觉得她疯了，他们全都疯了。

葛青青打开电脑，她想找马义说说话，最近，马义的手机一直没开，也不上QQ。自己给他留言，他也从来不回。不知道他最近怎么样了。

葛青青无聊地翻看着论坛，翻着翻着，突然想起了自己曾经放在上面的那个视频。她费了些工夫，找到了那个视频。现在，这个视频已经排在很靠后了，论坛上总是这样，再爆炸的话题，一旦过了新鲜期，便不会有人再关注。她将自己那个视频点开来。她仔细地看着，等到他的脸部特写时，葛青青便按了暂停键。她看着他的脸，想起了那天晚上的场景，那个场景让她记忆犹新。他将湿毛巾从脸盆里捞出来，那毛巾还在不停地淌水，他将毛巾递给她，说，你能帮我个忙吗？那声音很柔和，却又像带着某种命令。葛青青看着电脑上的这个人，不确定眼前这个有些土气的老师和房间里的那个人是不是真是同一个。她盯着他，忽然发现他的眼睛是如此的空洞，就像一个巨大的深坑。看着看着，她似乎跌了进去。

就在这时，葛青青的手机突然响了，她如同惊吓一般地回过神来。手机响了两声就不再响了。葛青青拿起来看，是一个陌生电话，这电话来自青岛。葛青青的脑子迅速闪过一个念头，她将电话拨了回去，她也不确定电话是不是接通了，对面毫无声响。葛青青怯怯地问了一句，你是爸爸吗？对面还是没有声音。你是爸爸，对不对？就在这时，手机那头突然想起了一阵音乐声，随后，有个女人在说话，葛青青听了一阵，原来是一个澳门博彩公司的广告。

葛青青有些失望，她在床上坐了一会儿，便起身来到了淋浴房里，拧开了水龙头。她在水下冲了一会儿，然后伸手拉过来一条毛巾。她用毛巾吸饱了水，捏着一头，随后用力地向后背甩去。她听见啪的一声响，后背上便一阵火辣辣的疼。她将毛巾扯回来，在水下淋一会儿，又朝着背上用力甩去。

就这样，葛青青在淋浴器的蓬头下，一遍又一遍地抽打着自己。她咬着牙，任着眼泪和热水一起在脸上汹涌。

19

刘枫坐在窗边晒太阳。这个窗户朝东，只有早上才有太阳，他得抓紧晒。这是让他自己也感到意外的事。以前，他在房间里，总喜欢将窗帘拉紧，让自己完全沉陷在黑暗之中。可现在，他却喜欢上晒太阳了。

你的脸色可比进来时好多了。那个年轻人的父亲突然说了一句。刘枫笑了笑。他知道他说的不是客气话，这已经是第四天了，他能感觉到自己在顺利地康复。每天，他都按时吃饭，按时吃药。傍晚的时候，他还会散一下步，然后去活动室看一会儿电视，做一会儿健身操，规律的生活让他觉得很满足，他甚至希望自己的余生都能在这个医院里度过。他想，来这个医院是一个非常好的选择。这八年来，他都是一个人生活，上班，烧饭，自己哄自己睡觉。什么事情都是自己做，总是要用双倍的力气才能得到某样东西，从来没有人可以帮他。可住院后，情况截然相反，一切都有人准备，一切都不用他操心。他喜欢这种随波逐流的感觉，不用力气，不用操心。刘枫用力吸了一口病房里的消毒药水味，忽然明白了一个真理，当你在心里认同自己是一个病人时，一切并不那么艰难。

晒完了太阳，刘枫就到走廊上去散步。

来到走廊上时，已经有好几个穿着病号服的人在圆圈里走动了，他们就像机械人一样，动作僵硬。旁边有个医生面无表情地注视着他们。刘枫便尾随着走。这里都是和他一样的人，这让他心里毫无压力，坦然而平等。

东面有个房间，开着门，里头有电视机和乒乓桌，这是活动室。刘枫走进去时，已经有好几个人坐在电视机前，认真地看着。这个电视似乎只有一个电视台，天天在放热情的歌舞节目，从来没有人换台。刘枫躲在人群后面看了会儿电视。过了一会儿，几个护士进来了，她们将电视旁的影碟机打开，电视画面顿时变成了健身操。护士站在电视机前，在欢快的音乐中，面无表情地做着健身操。房间里的人，都纷纷站起来，跟着护士做。她们将手像树杈一样伸着，动作很难看，但每一个人都很认真。刘枫站在后面，也开始挥动手臂。

他回到病房，躺在床上。到了八点半的时候，病房里熄了灯。他躺在黑暗中，感觉像是小时候躺在海边的滩涂上一样，温暖并踏实。他侧过身，看见了隔壁床上的那个年轻人，此刻，他正睁着眼睛，看着屋顶。他的眼珠子在黑暗中发出亮晶晶的光芒。

他仿佛又看见了她，她站在那里，目光柔软地看着他。他缩了缩身子，觉得心里暖洋洋的。

早上起来时，刘枫一睁眼便看见了刘建国，他正在收拾东西。刘枫觉得奇怪。刘建国看见刘枫醒了，说，我已经办好出院手续了，今天就走。

刘枫顿时紧张起来，他迟疑着说，能不能再住些天？

刘建国瞪着眼睛，为什么还要住？

我觉得我还没有好，我想多住些日子，把病治好。

什么病？你还真以为自己有病，这只是给更生一个说法。你没病，你这就叫作没病呻吟。你有什么病？不就是碰到点事情想不开吗？这也算病的话，那地球上70亿人口起码60亿有病了。

就这样，刘建国把刘枫带出了医院，坐车回到了那个狭小的出租屋。晚上，他们又一起挤在了那张并不大的床上。这一晚，睡眠就像列车一样离去。刘建国很快就入睡了。他睡得香甜，鼾声坚实有力。刘建国总说，自己心里坦荡，只有心里坦荡的人才会睡得香甜。刘枫想，和刘建国相比，自己的心里一定不坦荡，睡眠就如他的仇敌一般。

早上，刘建国早早地起来，他将刘枫也叫起来。

走，跟我跑步去，呼吸呼吸新鲜空气。

刘枫疲惫地穿上衣裤，跟着刘建国出去跑步。早上的空气特别清冽寒冷，灌入口鼻中，呛得他几乎透不过气来。跑了没多久，刘枫就跑不动了。他停住身子，用手叉着腰，气喘吁吁。刘建国停下身子，不屑地看着他。

你才几岁，身体就成这样了。你还没结婚，还没生孩子，怎么搞得身体这么差？赶紧再跑一圈，跑完了，冲个澡，回去上班，要精神抖擞些。

吃完了早饭，刘建国提出要送刘枫去学校。他简直把他当成了幼儿园的孩子了。一路上，刘枫一直用力地低垂着头，他感觉每个人都在偷看他，嘲笑他。他已经成了一个笑话，他知道。

刘建国带着他去了教务处，教务处处长面无表情地告诉他，你原先的办公室已经有老师进去了。现在学校的办公室也很紧张，先暂时在东边的那个小办公室待着吧。随后，他便带着两个人前往新的办公室。刘枫跟在教务处处长身后，听着他手上那串钥匙叮当作响。他的心里一直打退堂鼓，他不明白自己为什么要回来，根本就没有人会欢迎他。

东边的这个房间十分狭窄，几乎只能容下一张办公桌。他明白，这本不是一个办公室，是一个杂物间。教务处处长把门打开，就走了。刘建国显得很不高兴，什么态度。这是办公室吗？这么小，能待得下吗？

说完了，他从口袋里掏出一支皱巴巴的烟。点着抽了起来。白色的烟雾在狭小的空间里弥漫开来，刘建国便用力咳嗽。刘枫看着他，心里一阵苦笑。

他总是能找到他。十四岁那年，有一次，他跟同学逃课，去录像厅看录像。那次，刘建国正好来镇上开会。开完了，他来看他。见刘枫不在，他便疯了一般到处寻他，最后，他找到了那个录像厅，他在录像厅里猎狗一般地一排排寻觅。当他铁青的脸挡在闪烁的电视屏幕前时，刘枫一阵战栗，他感到了恐惧，他从来没有那么恐惧过。刘建国没有让他回学校，带他回了家。在路上，他胆战心惊，不停地祈求刘建国，让自己回学校，他发誓以后再也不去录像厅看录像了。刘建国不予理睬，将他带到了家里，关在那间堆放农具的小屋里。那个小屋，没有灯光，刘枫被关在那里，怕得要命。后来，刘建国就提着一个马灯进来了。他捏着一条湿漉漉的毛巾，让刘枫把衣服脱了。刘枫顺从地脱掉了上衣，刘建国不满意，让刘枫将裤子也脱了。那时，正是深秋，万物萧瑟。刘枫脱光了身上的衣物，他并不感觉冷，只是觉得羞耻。那时，他已经发育了。他赤裸在刘建国面前，刘建国便举起那条因为长期擦洗汗液而发黄的毛巾，狠狠地摔在了他的肩胛上。黑暗中充斥了一种难以名状的恐惧、羞耻，还有刘建国因为用力抽打而发出的低沉而又浓重的呼吸声。

那是沁入骨髓的一幕。十几年来，这一晚就像个皮球一样，永远漂浮在刘枫记忆的最表面。毕业以后，他就住在城里，再也不肯回家。他想着自己可以永远地离开他。没想到，这么多年，兜兜转转，一切又回到了原点。他就像从未长大，从未工作，从未离开过他。

他试图睡一会儿，昨晚没睡好，现在，他觉得困乏无比。他坐在办公桌前，闭着眼睛。但他睡不着，睡眠已经逃走了，似乎它也受了惊吓。

他睁开眼睛，长长地呼出一口气，他显得无可奈何，站起身来。

刘建国警觉地看他。

我去上厕所。他解释道。

刘建国挥了挥手，说，行，那你去吧。

刘枫刚走，刘建国接到了黄更生的电话。黄更生在电话中告诉刘建国，刘枫的事情他和校长已经调查清楚了，学校会还刘枫公道。黄更生还嘱咐刘建国，让刘枫安心工作，教育局下一步还将对有问题的学校和校领导严格排查。

刘枫一个人走到了厕所。撒完尿，他看见撒尿池的上面有两扇玻璃窗户。朝窗外看去，还有一棵树。刘枫感到很意外，这树看上去很眼熟。他想了一会儿，终于想起来了，这棵树应该是长在教室外面的，怎么会突然出现在这里，难道学校里有许多的银杏树吗？他不确定。他侧着身子，朝外面张望着。

这棵银杏笔挺挺的，被树枝遮住，看不见头，似乎一直长到云朵里面去了。看了一会儿，刘枫忽然想起了自己曾经做过的一个梦。他看见自己穿着一身古怪的衣服，顺着一棵大树一直往上爬，那树都长到云里去了，自己爬得手脚酸麻，可总也爬不完。刘枫突然想，自己应该爬到这棵树上去看一看。

于是，他便踩着小便池的边缘，用手撑住窗台，一用力，就踩到了窗台上。刘枫抬起头，顺着树干往上望，还是看不见树顶。这棵树与窗台离得不远，他站在窗台上，稍稍计算了一下自己和树的距离，然后将身子直直地往前一倒，他的手顺利地抱住了树干。他也不知道哪里来的力气，抱着树，轻轻一蹬，将身体挂在了树上。他用双腿卡住树干。他的双手和双腿交错着将他的身体往上面送。他用力地爬着，他丝毫不觉得累，他觉得呼吸越来越顺畅，他的精神从没有这么好过。

他确信，只要这样一直爬上去，自己一定会爬到另一个让自己吃惊的地方。

20

母亲正在房间里收拾东西，马平安给他找好了一个新的学校。现在，他们又要像候鸟一样，举家迁到一处新的出租房了。

马平安给马义找的是一个职业学校，马平安说，其实现在的职高并不比普高差。你要去的那所职高是一家上市企业办的，我了解过了，他们那里，只要是合格的学生，出来就可以直接到企业上班，一进去就有四五千元一月，你想想，这么好的收入，哪里去找？现在许多大学毕业生都找不到工作呢。再说了，只要成绩好，职高同样可以上大学的。

马平安极力美化着那个新学校，在描述的时候，他还不动声色地展示了他为找这个学校所付出的努力，他捋起自己的裤腿，你看，我去那里的时候，电瓶车还差点被一辆工程车撞了。

马平安这话是说给马义听的。马义觉得马平安没必要这样，有什么意思呢，为了上个职高，弄得这样惊心动魄。他总这样，一厢情愿地替自己打算，下着赌注。

此刻，马平安又不知道跑哪里去了。他把自己忙碌成了一个似乎很重要的人。其实，以前，马义最喜欢马平安。那时，他还在橡胶厂里跑业务。每次出差回来，马义总会像云雀一样地冲出去。他会从马平安的包里翻出零食，然后高兴地将双臂挂在马平安的脖子上，像个陀螺似的转。可后来，他却做了和尚。从那时起，总有人问马义，你爸是和尚，和尚不是不能娶老婆吗，怎么又把你生出来了呀？为了这些取笑，马义不知道自己跟别人打了几次架。他恨马平安，原本，他可以去做很多的工作，他可以去工地搬水泥，可以去街上卖水果，可最后，他却偏偏当了一个和尚。马义看着忙碌的母亲，不知道她会不会像自己一样感到羞耻。

马义在房间待了一会儿，觉着无聊，便走出门，顺着楼道，上了楼顶。楼顶上有人晒着衣服，有人种了花草。甚至还有人弄了土，过家家一样地打扮出一块菜地，在上面种菜。这就是城里人的土地了，在老家，哪会这样小家子气。

这段时间，因为不用去学校，马义便总是爬到这个屋顶来。他几乎不出门，他也不跟任何人联系，包括葛青青。他觉得自己是这个世界上最小的一个分子，小得让他自卑。甚至，他都想变成一个隐形人，谁也看不见。房间里待得久了，无聊了，马义就会跑到这个房顶上躺一会儿，看看天，吹吹风，听听四周不知从哪里传来的声音。他很喜欢这种虚度光阴的感觉。

出租房离学校很近，坐在房顶，能很清楚地看见求知中学的全景。马义趴在生锈的铁栏杆上，看着自己曾经的那个学校。看了一会儿，他似乎有一点点的难过，原本，他现在应该在学校里念书，虽然他不喜欢这个学校，但他无法接受他们赶自己出来的事实。这让他羞耻，就如同当初父亲当了和尚。

马义看见教学楼里突然跑出了一个人，过了一会儿，又零散地跑出几个。随后，更多的人像洪水一样从里面拥了出来。马义觉得有些奇怪，那里好像是发生什么事了。人群从教学楼里拥出，聚集在教学楼旁的一棵银杏树下，大家都仰着头，似乎在看什么。

马义努力朝着银杏树上辨认，终于看出树上有一个人在爬。他看不清这个人是谁，因为距离太远，这个人显得很是模糊。他努力地往上爬，越爬越快，越爬越